MW01678105

THEODORE BOONE

aprendiz de advogado

JOHN GRISHAM

THEODORE

aprendiz de advogado

BOONE

Tradução de ANA DEIRÓ

ROCCO
JOVENS LEITORES

Título original
THEODORE BOONE KID LAWYER

Esta é uma obra de ficção. Nomes, personagens, lugares e incidentes são produtos da imaginação do autor ou foram usados de forma fictícia. Qualquer semelhança com pessoas reais, vivas ou não, estabelecimentos comerciais, acontecimentos ou localidades é mera coincidência.

EDITORA ROCCO LTDA.
Av. Presidente Wilson, 231 – 8º andar
20030-021 – Rio de Janeiro – RJ
Tel.: (21) 3525-2000 – Fax: (21) 3525-2001
rocco@rocco.com.br / www.rocco.com.br

Printed in Brazil/Impresso no Brasil

revisão técnica
FERNANDO THOMPSON BANDEIRA

preparação de originais
SÔNIA PEÇANHA

CIP-Brasil. Catalogação na fonte
Sindicato Nacional dos Editores de Livros, RJ.
G888t Grisham, John, 1955-
Theodore Boone: aprendiz de advogado/John Grisham;
tradução de Ana Deiró. – Primeira edição. – Rio de Janeiro:
Rocco Jovens Leitores, 2010.
Tradução de: Theodore Boone kid lawyer
ISBN 978-85-7980-053-5
1. História de suspense. – 2. Advogados – Literatura infantojuvenil.
3. Literatura infantojuvenil americana. I. Cardoso, Ana Lúcia Deiró. II. Título.
10-5325 CDD – 028.5 CDU – 087.5

O texto deste livro obedece às normas do
Acordo Ortográfico da Língua Portuguesa.

Para Shea

THEODORE BOONE

aprendiz de advogado

Capítulo 1

Theodore Boone era filho único e, por este motivo, geralmente tomava o café da manhã sozinho. Seu pai, um advogado muito ocupado, costumava sair de casa cedo para se encontrar com amigos e eles tomavam o café sempre na mesma lanchonete, no centro da cidade, às sete da manhã, enquanto conversavam. A mãe de Theo, também uma advogada atarefada, vinha, pelo menos nos últimos dez anos, tentando emagrecer quatro quilos e, por causa disso, se convencera de que a refeição matinal não deveria ser nada além de um café acompanhado do jornal da manhã. Portanto, sozinho na mesa da cozinha, Theo comia o cereal frio e bebia o suco de laranja, sempre de olho no relógio. A casa dos Boone tinha relógios por toda parte, uma indicação clara de que eram pessoas organizadas.

Na verdade, Theo não ficava completamente sozinho. Ao lado de sua cadeira, seu cachorro também comia. Judge era um legítimo vira-lata, cuja idade e mistura de raças seriam para sempre um mistério. Theo o salvara da morte quase certa ao se apresentar no último segundo para defendê-lo no Tribunal de Causas Envolvendo Animais, e Judge lhe seria eternamente grato. Ele preferia Cheerios, como Theo, e eles comiam em silêncio todas as manhãs.

Às oito, Theo lavou as tigelas na pia, guardou o leite e o suco na geladeira, foi até a salinha de estar e beijou a mãe.

– Estou indo para a escola.

– Tem dinheiro para o almoço? – perguntou ela, como sempre fazia cinco vezes por semana.

– Sempre.

– Fez o dever de casa todo?

– Está perfeito, mãe.

– E a que horas vejo você?

– Passo no seu escritório depois da aula. – Theo fazia isso todos os dias depois da escola. Mas a sra. Boone sempre perguntava.

– Tome cuidado – recomendou ela. – E lembre-se de sorrir. – Já fazia dois anos que ele estava usando aparelho nos dentes e não via a hora de se livrar daquilo. Contudo, enquanto isso não acontecia, sua mãe continuamente o recordava de sorrir e tornar o mundo um lugar mais alegre.

– Estou sorrindo, mamãe.

– Eu amo você, Teddy.

– Também amo você.

Theo, ainda sorrindo apesar de ter sido chamado de "Teddy", jogou a mochila nos ombros, fez um carinho na cabeça de Judge, disse até logo e saiu pela porta da cozinha. Pegou a bicicleta e logo seguia em alta velocidade pela Mallard Lane, uma rua estreita e muito arborizada na área mais antiga da cidade. Acenou para o sr. Nunnery, já acomodado na varanda para mais um longo dia a observar o pouco tráfego que circulava por aquela vizinhança, e passou ligeiro pela sra. Goodloe sem falar nada, porque ela havia perdido a audição e também parte da sanidade mental. Mesmo assim, sorriu para ela, embora a mulher não lhe retribuísse o sorriso. Os dentes da sra. Goodloe estavam em algum lugar dentro da casa.

Era princípio de abril, e o ar estava seco e frio. Theo pedalava rapidamente, o vento alfinetando-lhe o rosto. A chamada para verificação de presença era às oito e meia, e ele tinha assuntos importantes a resolver antes de ir para a escola. Theo pegou uma rua transversal, desceu voando uma viela, desviou-se do tráfego e avançou um sinal. Aquele era seu território, a rota que percorria todos os dias. Depois de quatro quarteirões, as casas davam lugar a escritórios, lojas e estabelecimentos comerciais.

O tribunal do condado era o maior prédio do centro de Strattenburg (o correio era o segundo maior e a biblioteca, o terceiro). Erguia-se majestosamente do lado norte da Main Street, a meio caminho entre a ponte sobre o rio e um parque cheio de gazebos, banheiras para passarinhos e monumentos aos mortos em guerras. Theo adorava o tribunal com seu ar imponente, todas aquelas pessoas andando apressadas e sérias, as notificações sombrias e as escalas de horários afixadas nos quadros de aviso. Mais que tudo, Theo amava as salas de audiência. Havia as pequenas, onde questões de caráter mais privado eram acertadas sem júris, e havia a sala de audiência principal no segundo andar, onde os advogados combatiam como gladiadores, e os juízes governavam como reis.

Aos treze anos, Theo ainda estava indeciso quanto ao seu futuro. Um dia sonhava em ser um famoso advogado de tribunal, alguém que cuidava dos casos mais importantes e nunca perdia uma causa diante do júri. No dia seguinte, sonhava em ser um grande juiz, renomado por seu saber e senso de justiça. Ele ora escolhia um, ora outro, mudando de ideia a cada dia.

O saguão principal já estava movimentado naquela manhã de segunda-feira, como se os advogados e seus clientes quisessem começar cedo os trabalhos da semana. Havia muita gente esperando o elevador, então Theo subiu correndo dois lances de escadas e seguiu para a ala leste do tribunal, onde ficava a Vara de Família. Sua mãe era uma famosa advogada especializada em casos de divórcio, que sempre representava a mulher, e Theo conhecia bem aquela parte do prédio. Uma vez que as ações de divórcio eram decididas por juízes, sem júri, e como a maioria dos juízes preferia não ter muitos espectadores durante o julgamento de questões tão delicadas, a sala de audiência era pequena. Junto à porta, vários advogados se reuniam entregues a debates, obviamente não concordando quanto a muita coisa. Theo seguiu por um corredor e afinal avistou sua amiga.

Pequenina, frágil e nervosa, ela estava sentada sozinha, em um dos velhos bancos de madeira. Quando o avistou, ela sorriu e cobriu a boca com a mão. Theo avançou rapidamente e sentou-se ao seu lado, bem pertinho, os joelhos se tocando. Se fosse qualquer outra garota, ele ficaria a no mínimo cinco centímetros de distância e evitaria qualquer possibilidade de contato.

Mas April Finnemore não era uma garota qualquer. Aos quatro anos, entraram juntos para o jardim de infância numa escola próxima, e, até onde a memória alcançava, já eram grandes amigos. Não era um romance; eram jovens demais para isso. Theo não conhecia nenhum outro garoto de treze anos em sua turma que admitisse ter uma menina como amiga. Muito pelo contrário. Eles não queriam saber de garotas. E as garotas sentiam a mesma coisa. Theo já tinha sido avisado de que as coisas iriam mudar, e drasticamente, mas isso parecia improvável.

April era apenas uma amiga, e alguém que enfrentava sérias dificuldades no momento. Seus pais estavam se divorciando, e Theo se sentia extremamente grato pelo fato de sua mãe não estar envolvida no caso.

O divórcio não tinha sido nenhuma surpresa para quem quer que conhecesse os Finnemore. O pai de April era um excêntrico comerciante de antiguidades e baterista de uma velha banda de rock que ainda tocava em clubes noturnos e fazia turnês que duravam semanas. A mãe criava cabras e fazia queijo com o leite, que saía vendendo pela cidade num carro de funerária convertido, pintado de amarelo-vivo. Um velhíssimo macaco-aranha de bigodes grisalhos a acompanhava no banco do passageiro, mordiscando pedaços do queijo, que nunca venderam muito bem. Certa ocasião, o sr. Boone descrevera aquela família como "não tradicional", algo que Theo traduzira como francamente esqui-

sita. Tanto o pai como a mãe de April já tinham sido detidos por posse de drogas, embora nenhum dos dois tivesse chegado a ser condenado à pena de prisão.

– Você está bem? – perguntou Theo.

– Não – respondeu April. – Detesto estar aqui.

April tinha um irmão mais velho, August, e uma irmã mais velha, March, que já tinham saído de casa. August se fora no dia em que havia se formado no colegial. March abandonara os estudos aos dezesseis anos e saíra da cidade, deixando April sozinha para ser atormentada pelos pais. Theo sabia de todas essas coisas porque April lhe contava tudo. Ela precisava contar. Tinha de ter alguém de fora da família em quem pudesse confiar, e Theo era quem a ouvia.

– Eu não quero morar com nenhum dos dois – disse ela. Era algo terrível de se dizer dos pais, mas Theo compreendia perfeitamente. Ele desprezava os pais de April pelo caos que era a vida dos dois, pela negligência de ambos com relação à menina, e pela crueldade deles para com ela. Theo tinha uma longa lista de motivos para não gostar do sr. e da sra. Finnemore. Ele teria fugido de casa se fosse obrigado a morar com eles. Não conhecia nenhuma criança na cidade que já tivesse entrado na casa dos Finnemore.

O julgamento da ação de divórcio estava em seu terceiro dia, e April logo seria chamada ao banco de testemunhas para prestar depoimento. O juiz lhe faria a terrível pergunta: "April, com qual de seus pais você prefere morar?"

E ela não sabia o que responder. Tinha debatido a questão com Theo durante horas e ainda não sabia o que dizer.

A questão mais importante na mente de Theo era: "Por que qualquer um dos dois queria a guarda de April?" Eles a haviam rejeitado de muitas maneiras. Já ouvira muitas histórias a respeito, mas nunca repetira nenhuma.

– O que você vai dizer? – Theo perguntou.

– Vou dizer ao juiz que quero morar com minha tia Peg, em Denver.

– Pensei que ela tivesse dito não quando você pediu para morar com ela.

– E disse.

– Então você não pode dizer que quer morar com ela.

– E o que posso dizer, Theo?

– Minha mãe diria que você deveria escolher sua mãe. Eu sei que ela não é sua primeira opção, mas você não tem uma primeira opção.

– Mas o juiz pode fazer o que quiser, certo?

– Certo. Se você tivesse catorze anos, poderia fazer uma declaração obrigatória. Como só tem treze, o juiz levará em consideração o seu desejo. De acordo com minha mãe, este juiz quase nunca concede a guarda ao pai. Jogue no seguro. Escolha sua mãe.

April usava jeans, botas de caminhada e um suéter azul-marinho. Raramente vestia roupas de garota, mas nunca pairava qualquer dúvida quanto a seu gênero. Limpou uma lágrima do rosto, mas conseguiu manter o controle.

– Obrigada, Theo – agradeceu.

– Eu gostaria de poder ficar.

– E eu gostaria de poder ir para a escola.

Conseguiram dar uma risada um tanto forçada.

– Estarei pensando em você. Seja forte.

– Obrigada, Theo.

O juiz favorito de Theo era Henry Gantry, e ele entrou na antessala do grande homem às oito e vinte. Nenhum outro juiz chegava ao tribunal tão cedo, mas Theo sabia que o juiz Gantry já estaria mergulhado no trabalho.

– Olá, bom-dia, Theo – disse a sra. Hardy. Ela estava mexendo alguma coisa que pusera em seu café e se preparava para começar o trabalho.

– Bom-dia, sra. Hardy – respondeu Theo com um sorriso.

– E a que devemos esta honra?

Ela não era tão velha quanto a mãe de Theo, ele imaginava, mas era muito bonita. Era a favorita de

Theo dentre todas as secretárias no tribunal. Sua escrevente favorita era Jenny, na Vara de Família.

– Eu preciso falar com o juiz Gantry – respondeu Theo. – Ele está?

– Bem, está, mas está muito ocupado.

– Por favor. Só vai levar um minuto.

Ela bebericou o café, então perguntou:

– Tem alguma coisa a ver com o grande julgamento de amanhã?

– Sim, senhora, tem sim. Eu gostaria que meus colegas de turma da aula sobre o Governo dos Estados Unidos assistissem ao primeiro dia de julgamento, mas queria me certificar de que vai haver assentos suficientes.

– Ah, Theo, não sei mesmo. – A sra. Hardy franziu a testa e sacudiu a cabeça. – Estamos esperando um grande público para assistir. Lugar para sentar vai ser difícil.

– Posso falar com o juiz?

– Quantos alunos são em sua turma?

– Dezesseis. Achei que talvez pudéssemos sentar no balcão.

Ainda de cenho franzido, ela pegou o telefone e apertou um botão. Esperou um segundo e então disse:

– Sim, senhor juiz, Theodore Boone está aqui e gostaria de ver o senhor. Disse a ele que o senhor está muito ocupado. – Ela ouviu mais um pouco, então des-

ligou o telefone. – Ande depressa – falou, apontando para a porta.

Segundos depois, Theo estava diante da maior escrivaninha da cidade, uma escrivaninha coberta por toda sorte de documentos, arquivos e grossos volumes encadernados, uma escrivaninha que simbolizava o enorme poder que tinha o juiz Henry Gantry, que naquele momento não estava sorrindo. De fato, Theo tinha certeza de que o juiz não havia sorrido desde que ele interrompera seu trabalho. Theo, contudo, esforçava-se ao máximo com um largo sorriso metálico de uma orelha à outra.

– Apresente seu caso – instruiu o juiz Gantry.

Theo já o ouvira dar essa ordem em várias ocasiões. Tinha visto advogados, bons advogados, se levantarem e gaguejarem em busca das palavras enquanto o juiz Gantry olhava carrancudo do alto. Ele agora não estava carrancudo, nem usava a toga preta, mas ainda era intimidador. Enquanto Theo pigarreava, viu um brilho inconfundível no olhar de seu amigo.

– Sim, senhor. Bem, meu professor de Estudos do Governo dos Estados Unidos é o sr. Mount, e o sr. Mount acha que poderíamos conseguir a aprovação do diretor da escola para um dia de aula de campo para assistir à abertura do julgamento amanhã. – Theo fez uma pausa, respirou fundo, disse a si mesmo mais uma vez para falar com clareza, lentamente e com convicção, como todos os grandes advogados. – Mas precisamos ter a garantia de ter assentos. Pensei que poderíamos sentar no balcão.

– Ah, é?

– Sim, senhor.

– Quantos?

– Dezesseis, mais o sr. Mount.

O juiz pegou uma pasta, abriu-a e começou a ler como se subitamente tivesse se esquecido de Theo postado à espera do outro lado da escrivaninha. Theo esperou constrangido por quinze segundos, então o juiz disse abruptamente:

– Dezessete assentos na parte da frente do balcão. Vou dizer ao meirinho para acomodar vocês às dez para as nove amanhã. Espero um comportamento impecável.

– Sem problema, senhor.

– Vou pedir à sra. Hardy para mandar um bilhete por e-mail para o diretor.

– Obrigado, senhor juiz.

– Agora trate de ir, Theo. Perdoe-me por estar tão ocupado.

– Não tem problema, senhor.

Theo já se dirigia apressado para a porta quando o juiz perguntou:

– Diga-me uma coisa, Theo. Você acha que o sr. Duffy é culpado?

Theo parou, girou nos calcanhares e, sem hesitar, respondeu:

– Presume-se que ele seja inocente.

– Eu sei disso. Mas qual é a sua opinião com relação a ser culpado?

– Acho que é culpado.

O juiz assentiu ligeiramente, mas não deu qualquer indicação de que estava de acordo.

– E o senhor? – perguntou Theo.

Finalmente um sorriso.

– Eu sou um árbitro imparcial e justo, Theo. Não tenho ideias preconcebidas de culpa ou inocência.

– Foi o que pensei que o senhor diria.

– Vejo você amanhã. – Theo abriu a porta e saiu rapidamente.

De pé, com as mãos nos quadris, a sra. Hardy olhava furiosa para dois advogados nervosos que insistiam em ver o juiz. Os três se calaram quando Theo saiu do gabinete do juiz Gantry. Ele sorriu para a sra. Hardy enquanto passava apressado por ela.

– Obrigado – disse enquanto abria a porta e ia embora.

Capítulo 2

O percurso do tribunal até a escola secundária levaria quinze minutos se fosse feito corretamente, se as leis do trânsito fossem obedecidas e se o indivíduo se abstivesse de outras infrações. E normalmente seria assim que Theo faria as coisas, se não estivesse um tanto atrasado. Desceu voando a Market Street pela contramão, saltou o meio-fio atravessando bem na frente de um carro e seguiu como um foguete por um estacionamento, usando todas as calçadas que pôde. Então – cometendo sua infração mais grave – enveredou entre duas casas na Elm Street, ouviu alguém gritar da varanda às suas costas, até seguir em segurança por uma viela que dava no estacionamento dos professores atrás da escola. Verificou o tempo no relógio – nove minutos. Nada mal.

Parou na trave ao lado do mastro, prendeu a bicicleta com uma corrente e entrou com um bando de crianças que acabara de saltar de um ônibus. Às oito e quarenta, a campainha estava soando quando ele entrou na sala de aula e disse bom-dia ao sr. Mount, que além de ser o professor de Estudos do Governo dos Estados Unidos, era também seu orientador.

– Acabei de falar com o juiz Gantry – disse Theo aproximando-se da escrivaninha do professor, consideravelmente menor do que aquela que ele acabara de deixar no tribunal. A sala zumbia com o habitual caos matinal. Os dezesseis meninos estavam presentes, e todos pareciam envolvidos em algum tipo de brincadeira, escaramuça, piada ou jogo de empurra.

– E?

– Consegui os assentos, para amanhã cedo.

– Excelente. Belo trabalho, Theo.

O sr. Mount finalmente restaurou a ordem, fez a chamada, deu alguns avisos e, dez minutos depois, mandou os meninos para mais abaixo no corredor, para a aula de Espanhol com madame Monique. Havia um pouco de flertes desajeitados no caminho entre as salas quando os meninos se misturavam com as meninas. Durante as aulas, eles eram "separados por gênero", de acordo com uma nova política adotada pelas pessoas inteligentes encarregadas da educação de todas as crianças na cidade. Os gêneros tinham a liberdade de se misturar livremente em qualquer outra ocasião.

Madame Monique era uma negra alta, da República de Camarões, no Oeste da África. Mudara-se para Strattenburg havia três anos, quando o marido, também de Camarões, aceitara um emprego na faculdade local, onde lecionava línguas. Ela não era a típica professora de nível médio, longe disso. Quando criança na África, fora criada falando beti, seu dialeto tribal, bem como francês e inglês, as línguas oficiais de Camarões. O pai dela era médico, e assim pudera mandá-la estudar na Suíça, onde também havia aprendido a falar alemão e italiano. Seu espanhol fora aperfeiçoado quando cursava a faculdade em Madri. Atualmente estava estudando russo e tinha planos de se dedicar também ao chinês mandarim. Sua sala de aula era cheia de grandes mapas-múndi bem coloridos, e os alunos acreditavam que ela já estivera em todos os lugares, já vira de tudo e era capaz de falar qualquer língua. O mundo é enorme, costumava dizer-lhes incontáveis vezes, e a maioria das pessoas em outros países fala mais de uma língua. Embora os alunos se concentrassem no espanhol, também eram estimulados a explorar outros idiomas.

Havia vinte anos que a mãe de Theo vinha estudando espanhol e, ainda pequeno, ele aprendera com ela muitas das palavras e frases básicas. Algumas das clientes da sra. Boone eram da América Central e, quando Theo as via no escritório, mostrava-se sempre pronto para praticar. Elas ficavam encantadas com aquilo.

Madame Monique lhe dissera que ele tinha um bom ouvido para línguas, e isso o animara a se dedicar ainda mais aos estudos. Curiosos, os alunos com frequência pediam a madame Monique que "dissesse alguma coisa em alemão" ou que "falasse um pouco em italiano". Ela sempre atendia, mas primeiro o aluno que fazia o pedido tinha de se levantar e dizer algumas palavras naquela língua. Isso valia pontos para o conceito de avaliação, e assim criava entusiasmo. A maioria dos garotos na turma de Theo conhecia algumas dúzias de palavras em várias línguas. Aaron, que tinha mãe espanhola e pai alemão, era de longe o melhor linguista. Mas Theo estava determinado a alcançá-lo. Depois de Estudos do Governo dos Estados Unidos, Espanhol era sua matéria favorita, e madame Monique ficava em segundo lugar, quase empatada com o sr. Mount, como professor favorito.

Naquele dia, contudo, Theo sentia dificuldade para se concentrar. Eles estavam estudando os verbos espanhóis, um tema tedioso mesmo num bom dia, e a mente de Theo estava em outro lugar. Preocupava-se com April e seu dia terrível no banco de testemunhas. Ele não podia sequer imaginar o horror de ser obrigado a escolher entre o pai e a mãe. Quando conseguia parar de pensar em April, seus pensamentos se voltavam para o julgamento de assassinato, e mal conseguia esperar que o dia seguinte chegasse logo, para poder assistir aos argumentos iniciais dos advogados.

A maioria de seus colegas sonhava em conseguir entradas para um grande jogo ou show. Theodore Boone vivia para os grandes julgamentos.

A segunda aula foi de Geometria, com a sra. Garman. Houve um breve intervalo no pátio da escola, e então a turma voltou para a sala do sr. Mount e para a melhor hora do dia, pelo menos na opinião de Theo. O sr. Mount tinha trinta e poucos anos, e já havia trabalhado como advogado numa firma gigantesca que tinha escritórios num arranha-céu em Chicago. O irmão dele era advogado. Seu pai e seu avô tinham sido advogados e juízes. Contudo, o sr. Mount se cansara das longas horas de trabalho e da grande pressão, e, bem, pedira demissão. Havia abandonado os altos honorários e encontrara uma profissão que achava muito mais gratificante. Ele adorava lecionar e, embora ainda se considerasse um advogado, achava a sala de aula um lugar muito mais importante que a sala de audiência.

Como ele amava o Direito e o conhecia tão bem, sua turma de Estudos do Governo passava a maior parte do tempo debatendo casos, antigos e atuais, e até alguns fictícios que passavam na televisão.

– Vamos lá, homens – começou depois que todos estavam sentados e quietos. Ele sempre os chamava de "homens" e, para garotos de treze anos, não podia haver maior elogio. – Amanhã quero que vocês estejam aqui às oito e quinze. Tomaremos um ônibus até o tribunal e estaremos acomodados em nossos lugares com bastante antecedência. É uma atividade de campo, aprovada pelo diretor, de modo que vocês serão dispensados de todas as outras aulas. Tragam dinheiro para o almoço e comeremos na Pappy's Deli. Alguma pergunta?

Os homens acompanhavam cada palavra dele, o entusiasmo evidente em seus rostos.

– Podemos levar mochilas? – perguntou alguém.

– Não – respondeu o sr. Mount. – Não se pode entrar com nada numa sala de tribunal. A segurança vai ser rigorosa. Afinal, é o primeiro julgamento por assassinato aqui na cidade em muito tempo. Mais alguma pergunta?

– O que deveremos vestir?

Lentamente, todos os olhos se voltaram para Theo, inclusive os do sr. Mount. Era fato mais que sabido que Theo passava mais tempo no tribunal que muitos advogados.

– Paletó e gravata, Theo? – perguntou o sr. Mount.

– Não, de jeito nenhum. O que estamos vestindo agora está ótimo.

– Maravilha. Mais perguntas? Bom. Agora, pedi a Theo que fizesse uma prévia do que veremos amanhã. Descrever a sala de audiência do tribunal, os personagens que estarão em ação, nos dizer mais ou menos o que veremos. Theo.

O laptop de Theo já estava conectado com o projetor no teto. Ele se encaminhou para a frente da sala, apertou uma tecla e um grande diagrama apareceu na larga tela branca digital.

– Esta é a sala principal de audiência – disse Theo, em sua melhor voz de advogado. Ele ergueu um apontador laser com uma luz vermelha e o moveu ao redor do diagrama. – Ao alto, aqui no centro, fica a bancada do juiz. É onde ele fica e de onde controla o julgamento. Não sei por que se chama bancada. É mais como um trono. De qualquer maneira, vou chamar de bancada. O juiz é Henry Gantry. – Ele apertou uma tecla, e uma grande foto formal do juiz Gantry apareceu. Toga preta, rosto sombrio. Theo a reduziu e arrastou-a para a bancada. Com o juiz em seu devido lugar, prosseguiu: – O juiz Gantry está no cargo há cerca de vinte anos e só trata de casos criminais. Ele controla muito bem seu tribunal e é muito estimado pela maioria dos advogados. – O apontador laser se moveu para o meio da sala de audiência. – Aqui fica a mesa da defesa, onde o sr. Duffy, o homem acusado de assassinato, ficará sentado. – Theo apertou uma tecla e surgiu uma foto em preto e branco, tirada de um jornal. – Este é o sr. Duffy. Tem quarenta e nove anos, era casado com a sra. Duffy, que agora está morta, e, como todos nós sabemos, o sr. Duffy é acusado de tê-la assassinado. – Ele reduziu a foto e a moveu para a mesa da defesa. – O advogado dele é Clifford Nance, provavelmente o maior advogado de defesa desta região do estado. – Nance apareceu numa foto em cores, vestindo um terno escuro e exibindo um sorriso astuto. Tinha cabelos longos grisalhos e cacheados. A foto foi reduzida e posicionada junto da de seu cliente. – Ao lado da mesa da defesa fica a mesa da acusação. O principal advogado de acusação é o promotor de justiça Jack Hogan, que também é conhecido como o procurador de Estado. A foto de Hogan apareceu por alguns segundos antes de ser reduzida e posicionada na mesa ao lado da defesa.

– Onde você conseguiu estas fotos? – perguntou alguém.

– Todo ano, a Ordem dos Advogados publica um diretório de todos os advogados e juízes – respondeu Theo.

– Você está incluído nele? – A pergunta provocou algumas risadinhas.

– Não. Agora, haverá outros advogados e assistentes jurídicos em ambas as mesas, da acusação e da defesa. Esta área geralmente fica cheia de gente. Bem aqui, ao lado da mesa da defesa, fica a tribuna dos jurados. Tem catorze cadeiras, doze para os jurados e duas para os substitutos. A maioria dos estados ainda usa doze pessoas como jurados, embora não seja incomum um número diferente. Qualquer que seja o número, o veredicto tem que ser unânime, pelo menos em casos criminais. Eles selecionam substitutos para o caso de um dos doze ficar doente ou ser licenciado por algum motivo. O júri foi escolhido na semana passada, portanto não teremos que assistir a isso. É um bocado tedioso. – O apontador laser se moveu para um ponto na frente da bancada do juiz. Theo continuou: – A escrivã de justiça, a pessoa que transcreve as declarações prestadas em audiência, senta aqui. Ela terá uma máquina chamada estenótipo. Lembra uma máquina de escrever, mas é muito diferente. O trabalho dela é transcrever e registrar todas as declarações orais, cada palavra que é dita durante o julgamento. Isto pode parecer impossível, mas ela faz com que pareça fácil. Mais tarde, ela preparará o que é conhecido como transcrição, de modo que os advogados e o juiz tenham um registro de tudo. Algumas transcrições têm milhares de páginas. – O apontador laser se moveu de novo. – Aqui, perto da escrivã e pouco abaixo do juiz, fica o banco das testemunhas. Cada testemunha anda até aqui, faz o juramento de dizer a verdade e então se senta.

– Onde nós vamos ficar?

O apontador laser se moveu para o meio do diagrama.

– Isto aqui é chamado de barra. Mais uma vez não me perguntem por quê. A barra é um corrimão de madeira que separa os espectadores da área do julgamento. Há dez fileiras de assentos com um corredor no meio, geralmente isto é mais que suficiente para o público, mas neste julgamento vai ser diferente. – O apontador laser se moveu para a parte de trás da sala de audiência. – Aqui, acima das últimas fileiras, fica o balcão, onde há três bancos longos. Nós ficaremos no balcão, mas não se preocupem. Poderemos ver e ouvir tudo.

– Alguma pergunta? – falou o sr. Mount.

Os garotos olhavam boquiabertos para o diagrama.

– Quem fala primeiro? – perguntou alguém.

Theo começou a andar de um lado para outro.

– Bem, o Estado tem o ônus de provar a prática do crime, portanto deve apresentar o caso primeiro. A primeira coisa que vai acontecer amanhã é o promotor andar até a tribuna dos jurados e falar para eles. Isto é chamado de argumento inicial. Ele apresenta o caso.

Então o advogado de defesa faz o mesmo. Depois disso, o Estado começa a chamar testemunhas. Como vocês sabem, presume-se que o sr. Duffy seja inocente, então o Estado tem que provar que ele é culpado, e tem que fazê-lo sem deixar margem a qualquer dúvida. Ele afirma que é inocente, algo que na vida real não acontece com muita frequência. Cerca de oitenta por cento das pessoas que vão a juízo sendo acusadas de assassinato acabam por se declarar culpadas, porque de fato são culpadas. Os outros vinte por cento vão a julgamento, e noventa por cento são considerados culpados e condenados. Portanto, é raro um réu acusado de assassinato ser absolvido.

– Meu pai acha que ele é culpado – disse Brian.

– Muitas pessoas acham – admitiu Theo.

– A quantos julgamentos você já assistiu, Theo?

– Não sei. Uma porção.

Já que nenhum dos outros doze nem sequer tinha visto o interior de um tribunal, aquilo era quase inacreditável. Theo continuou:

– Para quem assiste a muita televisão: não espere grandes emoções. Um julgamento de verdade é muito diferente, não é lá muito divertido ou emocionante. Não há testemunhas-surpresa, nem confissões dramáticas, nem brigas com trocas de murros entre os advogados. E neste julgamento não há nenhuma testemunha do assassinato. Isto significa que todas as provas do Estado serão circunstanciais. Vocês vão ouvir muito esta palavra, especialmente por parte do sr. Clifford Nance, o advogado de defesa. Ele vai usar muito o fato de que o Estado não tem provas diretas, de que tudo é circunstancial.

– Não entendi muito bem – disse alguém.

– Significa que a prova é indireta, e não direta. Por exemplo, você veio de bicicleta para a escola?

– Vim.

– Prendeu a bicicleta com uma corrente na trave ao lado do mastro?

– Prendi.

– Bem, se, ao sair da escola hoje à tarde, você for até a trave, sua bicicleta não estiver lá e a corrente tiver sido cortada, você terá a prova indireta de que alguém roubou a bicicleta. Ninguém viu o ladrão, de modo que não existe prova direta. Agora, digamos que amanhã a polícia encontre a sua bicicleta numa loja de penhores na Raleigh Street, uma loja conhecida por negociar com bicicletas roubadas. O dono da loja dará à polícia um nome, eles investigarão e descobrirão um sujeito com um histórico de roubar bicicletas. Você terá um argumento sólido para ir a juízo, por meio de prova indireta de que este sujeito foi o ladrão que roubou a sua bicicleta. Não há prova direta, e sim circunstancial.

Até o sr. Mount estava assentindo em concordância. Ele era o conselheiro docente da Equipe de Debate do oitavo ano, e de maneira nada surpreendente Theodore Boone era seu grande astro. Nunca tivera um aluno de raciocínio tão rápido.

– Muito obrigado, Theo – disse o sr. Mount. – E obrigado por ter conseguido os assentos.

– Não tem de quê – respondeu Theo, voltando orgulhosamente para seu lugar.

Aquela era uma excelente turma numa boa escola pública. Justin era de longe o melhor atleta, embora não nadasse tão rápido quanto Brian. Ricardo derrotava todos eles no golfe e no tênis. Edward tocava violoncelo, Woody, guitarra elétrica, Darren, bateria, Jarvis, trompete. Joey tinha o Q.I. mais alto e obtinha as melhores notas. Chase era o cientista louco, sempre uma ameaça de explodir o laboratório. Aaron falava espanhol por causa da mãe e alemão por causa do pai, e inglês, é claro. Brandon entregava jornais de manhã cedo, negociava com ações na internet e planejava ser o primeiro milionário do grupo.

Naturalmente, havia dois nerds incuráveis e pelo menos um criminoso em potencial.

A turma tinha até seu próprio advogado, algo que o sr. Mount nunca tinha visto.

Capítulo 3

A firma de advocacia Boone & Boone tinha seus escritórios numa velha casa reformada na Park Street, a três quarteirões da Main e a uma caminhada de dez minutos do tribunal. Havia muitos advogados naquela área, e todas as casas da Park haviam se tornado escritórios de advogados, arquitetos, contadores, engenheiros e assim por diante.

A firma tinha dois advogados, o sr. e a sra. Boone, e eles eram sócios com igualdade de direitos em todos os sentidos. O sr. Boone, o pai de Theo, estava no início da casa dos cinquenta, mas parecia muito mais velho, pelo menos na opinião muito discreta de Theo. Seu nome de batismo era Woods, que, para Theo, parecia mais apropriado para um sobrenome. Tiger Woods, o jogador de golfe. James Woods, o ator. Theo ainda não havia encontrado outro ser humano que tivesse Woods como nome de batismo, embora não passasse muito tempo se preocupando com aquela ligeira discrepância. Tentava não se preocupar com coisas que estavam fora de seu controle.

Woods Boone. Às vezes, Theo pronunciava o nome depressa e soava como *woodspoon*. Tinha consultado o dicionário, e *woodspoon* não era realmente uma palavra em inglês, embora achasse que devia ser. Uma colher feita de madeira era chamada de *wooden spoon*, não *woodspoon*. Mas quem usava isso? Por que se preocupar com questões tão triviais? De qualquer maneira, como um daqueles hábitos irritantes dos quais a gente não consegue se libertar, Theo pensava na palavra *woodspoon* toda vez que se aproximava da porta do escritório do pai e via a placa com o nome dele escrito em letras pretas.

O escritório dele ficava no segundo andar, depois de uma escada gasta coberta por um tapete manchado e velho. O sr. Boone ficava no segundo andar, sozinho, porque as senhoras abaixo o haviam enviado para lá por dois motivos. Primeiro, ele era uma pessoa muito relaxada e seu escritório era uma bagunça, embora Theo o adorasse. Segundo, e muito mais ofensivo, o sr. Boone fumava cachimbo e preferia fazê-lo com as janelas fechadas e o ventilador de teto desligado, de modo que o ar ficasse carregado do aroma rico da mistura de tabaco que calhasse de ter escolhido para o dia. A fumaça também não incomodava Theo, embora ele se preocupasse com a saúde do pai. O sr. Boone não era uma pessoa exatamente atenta à boa forma física. Quase não se exercitava e era um tanto corpulento. Era um homem que trabalhava duro, mas deixava seus problemas no escritório, ao contrário de sua sócia na firma, a mãe de Theo.

O sr. Boone era um advogado especializado em Direito Imobiliário, e, na opinião de Theo, esta era a mais tediosa de todas as áreas do Direito. Seu pai nunca ia ao tribunal, nunca apresentava argumentos a um juiz, nunca se dirigia a um júri, nunca, ao que parecia, saía do escritório. De fato, ele com frequência se referia a si mesmo como um "advogado de escritório", e parecia satisfeito com este título. Theo com certeza admirava o pai, mas não tinha planos de passar sua carreira trancado em um escritório. Não, senhor. Theo pretendia ir para os tribunais.

Como o sr. Boone ficava sozinho no segundo andar, seu escritório era enorme. Longas estantes de prateleiras carregadas de livros cobriam duas das paredes, e nas outras duas ficavam coleções, sempre em expansão, de fotografias emolduradas retratando Woods fazendo toda sorte de coisas importantes – apertando a mão de políticos, posando com advogados em reuniões da ordem, e assim por diante. Theo já tinha visto o interior do escritório de vários outros advogados na cidade – ele era bastante abelhudo e estava sempre à procura de uma porta aberta – e descobrira que eles adoravam cobrir suas paredes com fotos como aquelas, ao lado de diplomas, prêmios e certificados de serem membros deste ou daquele clube. A Parede do Ego, era como sua mãe chamava, com desdém, porque as paredes do escritório dela eram praticamente vazias, contendo apenas umas poucas peças de arte moderna incompreensíveis.

Theo bateu na porta enquanto a abria. Esperava-se que ele fosse dar um alô para os pais a cada tarde, depois das aulas, a menos que tivesse alguma tarefa a cumprir em outro lugar. Seu pai estava sentado sozinho atrás de uma antiquíssima escrivaninha, coberta por pilhas de papel. Ele estava sempre sozinho porque seus clientes raramente apareciam. Eles telefonavam, ou enviavam material pelo correio, fax ou e-mail, mas não precisavam visitar a Boone & Boone para ter orientação.

– Olá – disse Theo, enquanto se deixava cair na cadeira.

– Teve um bom dia na escola? – perguntou-lhe o pai, sempre a mesma pergunta todos os dias.

– Ótimo. O diretor aprovou nossa pesquisa de campo no tribunal amanhã. Estive com o juiz Gantry hoje de manhã, e ele me prometeu assentos no balcão.

– Que bom. Você tem sorte. Metade da cidade estará lá.

– Você vai?

– Eu? Não. — O pai acenou para as pilhas de papel, como se exigissem atenção imediata. Theo ouvira uma conversa entre seus pais em que eles juravam que não iriam ao tribunal durante o julgamento do assassinato. Eram advogados muito atarefados e não parecia correto desperdiçar tempo assistindo a um julgamento conduzido por outros advogados. Mas Theo sabia que eles, como todo mundo na cidade, gostariam de estar lá.

Tanto seu pai quanto sua mãe, embora ela com menos frequência, usavam a desculpa de terem muito trabalho no escritório quando queriam evitar fazer alguma coisa.

– Quanto tempo o julgamento vai durar? – perguntou Theo.

– Dizem que pode levar uma semana.

– Eu gostaria muito de assistir a ele todo.

– Nem pense nisso, Theo. Já até falei com o juiz Gantry. Se ele vir você na sala de audiência quando deveria estar na escola, vai interromper o julgamento, mandar o guarda lhe dar voz de prisão e levar você para a cadeia. Eu não vou pagar sua fiança. Você vai passar quatro dias lá com bêbados e marginais.

Com estas palavras o sr. Boone pegou o cachimbo, acendeu uma chama e começou a pitar e soprar fumaça. Eles se encararam. Theo não tinha certeza se o pai estava brincando, mas o seu rosto parecia muito sério. Ele e o juiz Gantry eram velhos amigos.

– Você está brincando? – perguntou Theo finalmente.

– Em parte. Com certeza, eu daria um jeito de liberar você, mas tive mesmo uma conversa com o juiz Gantry.

Theo já estava pensando em maneiras de assistir ao julgamento sem ser visto pelo juiz Gantry. Escapulir da escola seria a parte fácil.

– Agora trate de ir – disse o sr. Boone. – Vamos cuidar de fazer os deveres de casa.

– Até mais tarde.

No andar de baixo, a porta era guardada por uma mulher, quase tão velha quanto o escritório. O nome dela era Elsa. Seu sobrenome era Miller, embora pronunciá-lo fosse proibido para Theo e qualquer outra pessoa. Qualquer que fosse a idade dela, e ninguém sabia ao certo, ela insistia em ser chamada de Elsa. Até por um menino de treze anos. Elsa trabalhava para os Boone desde muito antes de Theo nascer. Era recepcionista, secretária, administradora do escritório e assistente jurídica, quando necessário. Ela administrava a firma e ocasionalmente era obrigada a arbitrar as pequenas brigas e desentendimentos entre o advogado Boone do andar de cima e a advogada Boone do andar de baixo.

Elsa era uma pessoa muito importante na vida dos três Boone. Theo a considerava uma amiga e confidente.

– Olá, Elsa – disse ele detendo-se junto à sua mesa de trabalho, pronto para lhe dar um abraço.

Ela saltou da cadeira, esfuziante como sempre, e abraçou-o. Então olhou para o peito dele e perguntou:

– Você não usou esta camisa ontem?

– Não. – E não tinha usado.

– Acho que usou.

– Desculpe, Elsa, mas não. – Ela quase sempre fazia comentários sobre as roupas dele e, para um garoto de treze anos, isso era cansativo. Contudo, fazia com que Theo se mantivesse na linha. Alguém estava observando e tomando nota, e ele, com frequência, pensava em Elsa enquanto apressadamente se vestia a cada manhã. Mais um hábito irritante de que não conseguia se livrar.

O guarda-roupa de Elsa era lendário. Ela era baixa e bem mignon – "podia vestir qualquer coisa", sua mãe não se cansava de repetir – e preferia roupas justas de cores contrastantes. Naquele dia, estava de calças pretas de couro com uma espécie de suéter verde de um tom estranho que fazia Theo pensar em aspargos. Seu cabelo grisalho curto era brilhante e eriçado. Os óculos, como sempre, combinavam com a cor da roupa – naquele dia eram verdes. Elsa era tudo, menos sem graça. Podia estar perto dos setenta, mas não estava envelhecendo discretamente.

– Minha mãe está? – perguntou Theo.

– Sim, e a porta está aberta. – Ela voltou para sua cadeira. Theo começou a se afastar.

– Obrigado.

– Um de seus amigos telefonou.

– Quem?

– Disse que se chamava Sandy e que iria aparecer.

– Obrigado.

Theo seguiu pelo corredor. Parou diante de uma porta e disse olá para Dorothy, a secretária de imóveis, uma senhora muito simpática que era tão tediosa quanto seu patrão do andar de cima. Deteve-se diante de outra porta e disse olá para Vince, o assistente jurídico de longa data que trabalhava nos casos da sra. Boone.

Marcella Boone estava no telefone quando Theo entrou e se sentou. Sua escrivaninha, de vidro e metal cromado, estava elegantemente organizada, com a maior parte da superfície visível, num contraste gritante com a do marido. Tinha as pastas de casos em andamento arrumadas numa pilha bem ordenada atrás dela. Tudo estava no lugar, exceto seus sapatos, que não estavam nos pés, mas soltos por perto. Os sapatos eram de salto, o que para Theo significava que ela estivera no tribunal durante o dia. Ela estava com roupas de tribunal – um conjunto de saia e casaco de cor vinho. Sua mãe andava sempre bonita e bem-arrumada, mas fazia um esforço adicional nos dias em que ia a juízo.

– Os homens podem ter uma aparência desleixada – ela comentava muitas vezes. – Mas espera-se que as mulheres estejam bem-arrumadas e elegantes. Onde está a justiça nisso?

Elsa sempre concordava que não era justo.

A verdade era que a sra. Boone gostava de gastar dinheiro com roupas e andar bem-vestida e elegante. O sr. Boone pouco se importava com a moda e menos ainda com a elegância. Em idade, ele era apenas três anos mais velho que ela, mas, em espírito, pelo menos uma década.

Naquele momento, ela estava falando com um juiz, e um juiz que não concordava com ela. Quando finalmente desligou, sua atitude mudou rapidamente. Com um sorriso, disse:

– Olá, meu querido. Como foi seu dia?

– Ótimo, mãe. E o seu?

– O de sempre. Alguma novidade na escola?

– Só uma pesquisa de campo amanhã, com uma ida ao tribunal para assistir ao julgamento. Você também vai?

Ela já estava sacudindo a cabeça em negativa.

– Tenho uma audiência às dez com o juiz Sanford. Estou ocupada demais para assistir a um julgamento, Theo.

– Papai disse que conversou com o juiz Gantry e que eles tinham acertado um plano para me manter longe do julgamento. Você acredita nisso?

– Com certeza, espero que seja verdade. A escola é a sua prioridade.

– A escola é chata, mãe. Eu só gosto de duas aulas. O resto é tudo perda de tempo.

– Eu não diria que a sua formação é uma perda de tempo.

– Mas posso aprender muito mais no tribunal.

– Talvez, mas você terá oportunidade de passar bastante tempo por lá algum dia. Por ora, temos de nos concentrar no oitavo ano. Ok?

– Estou pensando em fazer alguns cursos de Direito pela internet. Tem um site muito bacana que oferece coisas ótimas.

– Theodore, meu querido, você ainda não está pronto para a faculdade de Direito. Trate de curtir o oitavo ano, depois vá para o ensino médio, e então a faculdade. Você é apenas uma criança, sabe? Aproveite enquanto pode.

Ele deu de ombros, não disse nada.

– Agora vamos tratar de fazer os deveres.

O telefone dela tocou, e Elsa avisou que iria passar mais uma chamada importante.

– Agora você vai ter que me dar licença, Teddy, e, por favor, sorria – disse a sra. Boone. Theo saiu do escritório. Levou sua mochila pela sala de cópias, sempre em desordem, e seguiu seu caminho por duas salas de depósito cheias de grandes caixas de velhos arquivos.

Theo tinha certeza de que era o único aluno de oitavo ano em Strattenburg que tinha seu próprio escritório de advocacia. Era um pequeno closet que alguém havia acrescentado à casa principal décadas atrás, e, antes que Theo se apoderasse dele, a firma costumava armazenar ali velhos livros de Direito que estavam desatualizados. Sua escrivaninha era uma mesa de jogo, que não era nem de longe tão arrumada quanto a da mãe, porém mais organizada que a do pai. A cadeira era uma velha cadeira giratória defeituosa que tinha resgatado da pilha que iria para o lixo quando seus pais redecoraram a biblioteca perto do posto de trabalho de Elsa.

Sentado na cadeira estava seu cachorro. Judge passava os dias no escritório, dormindo ou perambulando silenciosamente, tentando evitar os seres humanos porque eles viviam sempre muito ocupados. Era rotina ele ser posto para fora de reuniões. No final do dia, costumava seguir para o escritório de Theo, subir em sua cadeira e esperar.

– Olá, Judge – disse Theo enquanto lhe afagava a cabeça. – Teve um dia atarefado?

Judge saltou para o chão abanando o rabo, feliz da vida. Theo se acomodou na cadeira e colocou a mochila sobre a mesa. Numa parede, ele tinha prendido com tachas um grande pôster dos Twins com os jogos daquela temporada. De que tivesse conhecimento, ele era o único torcedor dos Twins da cidade. Minnesota ficava muito longe, e Theo nunca tinha estado lá. Ele torcia pelo time porque mais ninguém em Strattenburg torcia. Achava justo que eles tivessem pelo menos um torcedor na cidade. Escolhera os Twins dois anos antes, e agora se apegava a eles com uma lealdade feroz que seria testada durante a longa temporada.

Na outra parede, havia uma caricatura de Theo Boone, advogado, de paletó e gravata e de pé em um tribunal. Um martelo de juiz passava raspando acima de sua cabeça, não o acertando por pouco. No cabeçalho, lia-se: "Negado!" Ao fundo, os jurados se escangalhavam de rir, à custa de Theo. Embaixo, no canto à direita, a artista assinara seu nome: *April Finnemore*.

Ela dera o desenho de presente a Theo um ano antes, no aniversário dele. O sonho de April era fugir para Paris agora mesmo, e passar o resto da vida desenhando e pintando cenas de rua.

Uma porta se abria para uma pequena varanda que dava para o quintal, que era coberto de cascalho e usado para estacionamento.

Como sempre, Theo esvaziou a mochila e começou a fazer os deveres de casa, que tinham de estar prontos antes do jantar, de acordo com uma regra bastante rígida estabelecida por seus pais havia muito tempo. Um problema de asma impedia Theo de participar nos esportes de equipe que ele adoraria jogar, mas também assegurava que tivesse sempre conceito A na escola. No correr dos anos, a contragosto, acabara por aceitar o fato de que seu sucesso acadêmico era um bom substituto para os jogos que deixava de jogar. Contudo, podia jogar golfe, e ele e o pai jogavam todo sábado, às nove da manhã.

Alguém bateu na porta dos fundos. Judge, que tinha uma caminha debaixo da mesa de Theo, rosnou baixinho.

Sandy Coe também estava no oitavo ano, na mesma escola, mas em uma turma diferente. Theo o conhecia, mas não muito bem. Era um garoto simpático, de poucas palavras. Ele precisava conversar, e Theo o convidou a entrar em sua salinha. Sandy ocupou o único outro assento, uma cadeira dobrável que Theo mantinha num canto. Depois de se acomodarem, a salinha ficou cheia.

– Podemos ter uma conversa particular? – perguntou Sandy. Ele parecia envergonhado e nervoso.

– Claro. O que há?

– Bem, acho que preciso de um conselho. Não tenho muita certeza com relação a isso, mas preciso falar com alguém.

Theo, o consultor, respondeu:

– Juro que tudo o que você disser será mantido em segredo.

– Ótimo. Bem, meu pai foi demitido há alguns meses e, bem, as coisas andam bastante mal lá em casa. – Ele fez uma pausa, esperando que Theo dissesse alguma coisa.

– Eu sinto muito.

– Na noite passada, meus pais estavam tendo uma conversa realmente séria na cozinha, e eu não deveria ouvir, mas acabei ouvindo. Você sabe o que quer dizer execução?

– Sei.

– O que é?

– Hoje em dia há muitas execuções. Quer dizer que uma pessoa que é dona de uma casa não consegue pagar as prestações da hipoteca, e o banco quer tomar a casa.

– Não compreendo nada disso.

– Tudo bem. Funciona da seguinte maneira. – Theo pegou um livro de capa mole e o colocou no centro da mesa. – Digamos que isto seja uma casa e que você queira comprá-la. Custa cem mil dólares, e, como você não tem cem mil dólares, vai ao banco e pega o dinheiro emprestado. – Ele colocou um livro de capa dura ao lado do de capa mole. – Isto é o banco.

– Entendi.

– O banco lhe empresta cem mil dólares, e agora você pode comprar a casa de quem a está vendendo. Você concorda em pagar ao banco, digamos, quinhentos dólares por mês, durante trinta anos.

– Trinta anos?

– É. Este é o contrato padrão. O banco cobra uma quantia a mais por fazer o empréstimo, isto se chama juros, então a cada mês você paga parte dos cem mil dólares mais um tanto de juros. É um bom negócio para todo mundo. Você compra a casa que quer, e o banco ganha dinheiro com os juros. Fica tudo bem, a menos que aconteça alguma coisa e você não possa pagar as prestações mensais.

– O que é uma hipoteca?

– Um negócio como este que eu descrevi é chamado de contrato garantido por hipoteca. O banco tem um direito sobre a casa até que o empréstimo esteja todo pago. Quando você atrasa nos pagamentos mensais, o banco tem o direito de tomar a casa. O banco bota você para fora e se torna dono da casa. Isto é a execução. – Ele colocou o livro grande sobre o menor, cobrindo-o.

– Minha mãe estava chorando quando eles falaram de se mudar. Moramos lá desde que nasci.

Theo abriu o laptop e o ligou.

– Isto é terrível – observou. – E tem acontecido muito ultimamente.

Sandy baixou a cabeça e parecia estar arrasado.

– Qual é o nome de seu pai?

– Thomas. Thomas Coe.

– E o de sua mãe?

– Evelyn.

Theo digitou.

– Qual é seu endereço?

– Bennington, oito-um-quatro.

Mais uns toques no teclado. Eles esperaram, então Theo disse:

– Puxa vida.

– O que é?

– O banco é o Security Trust, na Main Street. Há catorze anos seus pais fizeram um empréstimo garantido por hipoteca de cento e vinte mil dólares, a ser pago em trinta anos. Eles não fizeram os pagamentos mensais nos últimos quatro meses.

– Quatro meses?

– É.

– E tudo isso está on-line?

– Está, mas não é todo mundo que sabe localizar.

– Como você conseguiu?

– Existem maneiras. Muitos escritórios de advocacia pagam uma taxa para ter acesso a certas informações. Além do mais, sei pesquisar e ir um pouco mais longe.

Sandy se afundou ainda mais na cadeira e sacudiu a cabeça.

– Quer dizer que vamos perder a casa?

– Não exatamente.

– Como assim? Meu pai está sem trabalho.

– Existe uma maneira de impedir a execução, de segurar o banco e ficar com a casa por algum tempo, talvez até que seu pai encontre outro trabalho.

Sandy parecia desnorteado.

– Você já ouviu falar de declaração de insolvência civil? – perguntou Theo.

– Acho que sim, mas não sei o que é.

– É a única opção que vocês têm. Seus pais serão obrigados a pedir esta declaração. Isto significa que vão contratar um advogado, que dará entrada na documentação necessária no tribunal em favor deles.

– Quanto custa um advogado?

– Não se preocupe com isso agora. O mais importante é procurar um advogado.

– Você mesmo não pode fazer isso?

– Desculpe, mas não posso. E meus pais não são especialistas nessa área. Mas tem um cara duas portas adiante, chamado Steve Mozingo, e ele é muito bom. Meus pais sempre mandam clientes para ele. Gostam mesmo dele.

Sandy escreveu o nome.

– E você acha que poderíamos ficar com a casa?

– Acho, mas seus pais têm que ir falar com esse cara o mais rápido possível.

– Obrigado, Theo. Nem sei o que dizer.

– Não tem problema. Fico feliz por ajudar.

Sandy saiu apressadamente como se fosse correr para casa com a boa notícia. Theo o observou montar na bicicleta e desaparecer pedalando pelo estacionamento.

Mais um cliente satisfeito.

Capítulo 4

Às quinze para as cinco, a sra. Boone entrou no escritório de Theo com uma pasta em uma das mãos e um documento na outra.

– Theo – disse ela, os óculos de leitura no meio do nariz. – Poderia me fazer o favor de levar isto até a Vara de Família e dar entrada antes das cinco?

– Claro, mãe.

Theo já estava de pé, pegando a mochila. Ele estivera com a esperança de que em algum canto na firma alguém fosse precisar dar entrada em algum documento no tribunal.

– Já acabou de fazer os deveres de casa, não é?

– Já, não tinha muita coisa.

– Ótimo. E hoje é segunda-feira. Você vai visitar Ike, não vai? Para ele é muito importante.

Toda segunda-feira de sua vida, sua mãe o fazia lembrar que era de fato uma segunda-feira, e isto significava duas coisas: a primeira, que se esperava que Theo passasse no mínimo trinta minutos com Ike; a segunda, que o jantar seria de comida italiana, no Robilio's. A visita ao Robilio's era muito mais agradável que a visita a Ike.

– Sim, senhora – disse ele enquanto colocava os documentos na mochila. – Vejo vocês no Robilio's.

– Certo, querido, às sete.

– Pode deixar – disse ele, abrindo a porta dos fundos. Explicou a Judge que voltaria dentro de alguns minutos.

O jantar era sempre às sete. Quando comiam em casa, o que era raro porque sua mãe não gostava de cozinhar, jantavam às sete. Quando comiam fora, também comiam às sete. Quando saíam de férias, jantavam às sete. Quando iam jantar em casa de amigos, não podiam ser mal-educados e sugerir a hora do jantar, mas, uma vez que todos os amigos sabiam da importância daquele horário das sete horas para a família Boone, geralmente marcavam esta hora. Algumas vezes, quando Theo ia dormir na casa de um amigo, saía para acampar ou por algum motivo estava fora da cidade, tinha um enorme prazer em comer antes ou depois das sete.

Cinco minutos depois, Theo estacionou a bicicleta na trave diante do tribunal e botou a tranca na corrente. A Vara de Família ficava no segundo andar, ao lado da Vara de Sucessões e mais abaixo no corredor da Vara Criminal. Havia uma porção de outras varas e juizados no prédio – Tráfego, Imóveis, de Pequenas Causas, Civil, Animal, de Falências, de Insolvência e provavelmente mais uma ou duas que Theo ainda não havia descoberto.

Theo esperava ainda encontrar April, mas ela não estava mais lá. O tribunal estava deserto. Os corredores, vazios.

Ele abriu a porta de vidro da sala do escrevente da Vara de Família e entrou. Jenny, que para ele era, de todas, a mais linda, estava esperando.

– Olá, Theo – disse Jenny com um largo sorriso, enquanto levantava o olhar da tela de seu computador na longa bancada.

– Oi, Jenny – respondeu ele. Ela era muito bonita e jovem, e Theo estava apaixonado. Ele se casaria com Jenny no dia seguinte, se pudesse, mas a idade dele e o fato de ela ter um marido complicavam as coisas. Além disso, ela estava grávida, o que o aborrecia, embora não tivesse comentado com ninguém.

"Estes documentos são de minha mãe, para dar entrada", disse Theo, entregando-lhe os papéis. Jenny examinou-os por um momento.

– Puxa vida, mais divórcios.

Theo olhava fixamente para ela.

Ela carimbou e rubricou os papéis, depois cuidou de dar entrada oficialmente nos documentos.

Theo olhava fixamente para ela.

– Você vai ao julgamento amanhã? – perguntou ele afinal.

– Talvez eu dê uma descida, se conseguir dar uma fugidinha daqui. E você?

– Vou. Mal posso esperar.

– Vai ser interessante, hein?

Theo se inclinou chegando mais perto e perguntou:

– Você acha que ele é culpado?

Jenny se inclinou para mais perto ainda e olhou ao redor, como se os segredos deles fossem importantes.

– Claro que acho. E você?

– Bem, a presunção é de que ele seja inocente.

– Você passa tempo demais naquele escritório de advocacia, Theo. Perguntei o que você achava, só entre nós, é claro.

– Eu acho que ele é culpado.

– Bem, veremos, não é? – Ela lançou-lhe um sorriso rápido, depois se virou para terminar o trabalho.

– Me diga uma coisa, Jenny. Aquele julgamento de hoje de manhã, o caso Finnemore. Já acabou, certo?

Ela olhou ao redor, desconfiada, como se não devessem estar falando sobre um caso em julgamento.

– O juiz Sanford encerrou a sessão hoje, às quatro da tarde; deverá ser retomada amanhã de manhã.

– Você esteve na sala de audiência?

– Não. Por que pergunta, Theo?

– Eu estudo com April Finnemore. Os pais dela estão se divorciando. Perguntei só por curiosidade.

– Compreendo – disse ela com uma expressão triste.

Theo continuou a olhar fixamente para ela.

– Até logo, Theo.

Mais abaixo no corredor, a sala de audiência estava trancada. Um policial da corte, desarmado e vestindo um uniforme justo e desbotado, estava próximo da porta principal. Theo conhecia todos os policiais da corte, e este, o guarda Gossett, era um dos mais rabugentos. O sr. Boone lhe explicara que os guardas de segurança da corte geralmente eram policiais mais velhos, chegando ao fim da carreira. Eles recebiam um novo título – "meirinho" – e eram transferidos para o tribunal, onde as coisas eram mais calmas e mais seguras que nas ruas.

– Olá, Theo – disse o sr. Gossett, sem sorrir.

– Oi, sr. Gossett.

– O que traz você aqui?

– Vim dar entrada em uns documentos para meus pais.

– Só isso?

– Sim, senhor.

– Tem certeza de que não está xeretando por aqui para ver se a sala de audiência está pronta para o grande julgamento?

– Isso também.

– Foi o que imaginei. Tivemos algum movimento hoje. Uma equipe de jornalismo da televisão acabou de sair. Vai ser interessante.

– O senhor vai estar de serviço amanhã?

– É claro que vou – respondeu o guarda Gossett, e seu peito se estufou um pouco, como se o julgamento fosse impossível sem a presença dele. – A segurança será rígida.

– Por quê? – perguntou Theo, embora soubesse o motivo.

O sr. Gossett achava que sabia de muita coisa sobre o Direito, como se tivesse absorvido uma grande quantidade de conhecimentos pelo simples fato de assistir a julgamentos e audiências. (Com frequência, ele estava semiadormecido.) E, como muitas pessoas que não sabiam tanto a respeito das coisas quanto imaginavam que sabiam, o sr. Gossett gostava de se pavonear de seus conhecimentos com os menos informados.

Ele consultou o relógio como se tivesse uma agenda carregada.

– É um julgamento de um caso de assassinato, um grande julgamento – disse ele com ares de importância. Não brinca, pensou Theo. – E, bem, julgamentos de assassinato costumam atrair pessoas que poderiam pôr em risco a segurança.

– Tipo quem?

– Bem, Theo, deixe-me explicar. Em todo assassinato, existe uma vítima, e a vítima tem amigos e familiares, e essas pessoas, naturalmente, não estão nada satisfeitas com o fato de a vítima ter sido assassinada. Está acompanhando o que estou dizendo?

– Claro.

– E então você tem o réu. Neste caso, é o sr. Duffy, que afirma que não é culpado. Todos eles dizem isso, é claro, mas vamos presumir que ele não seja culpado. Se este for o caso, então o verdadeiro assassino ainda está lá fora. Ele poderia ficar curioso com o julgamento. – O guarda Gossett olhou ao redor com desconfiança, como se o verdadeiro assassino pudesse estar por perto e se sentir ofendido.

Theo quase perguntou por que o verdadeiro assassino poria em risco a segurança se aparecesse para assistir ao julgamento. O que ele poderia fazer? Matar outra pessoa? No meio do tribunal? Diante de uma porção de testemunhas?

– Compreendo – disse Theo. – É melhor vocês tomarem cuidado.

– Teremos tudo sob controle.

– Vejo o senhor de manhã.

– Você vai estar aqui?

– Claro.

O guarda Gossett sacudiu a cabeça.

– Creio que não, Theo. Este lugar estará lotado. Você não vai ter onde sentar.

– Ah, falei com o juiz Gantry hoje de manhã. Ele prometeu reservar bons lugares para mim. – Theo já estava se afastando.

O guarda Gossett não conseguiu contestar.

Ike era tio de Theo, o irmão mais velho de Woods Boone. Antes de Theo nascer, Ike abrira a firma Boone & Boone com os pais dele. Era advogado tributário, um dos poucos da cidade. De acordo com as escassas informações que Theo conseguira obter sobre o assunto, os três advogados mantinham um relacionamento agradável e produtivo, até que um dia Ike fez algo errado. Algo muito grave. Tão grave que perdeu a licença de exercer a advocacia e foi mandado para a prisão por alguns anos. Em várias ocasiões, Theo tinha perguntado aos pais o que, exatamente, Ike fizera de errado, mas eles se recusavam a contar os detalhes. Diziam que não queriam falar sobre o assunto. Ou que explicariam as coisas quando Theo tivesse idade para entender.

Ike ainda fazia trabalhos ligados a impostos, mas de nível inferior. Ele não era advogado e não era contador. Mas, como tinha de fazer algo para ganhar a vida, preparava as declarações de imposto de renda para pessoas físicas e pequenas empresas. O escritório dele ficava no segundo andar de um velho prédio no centro da cidade. Um casal grego tinha uma delicatéssen no andar térreo. Ike cuidava dos impostos deles, e era parcialmente pago com um almoço de graça cinco dias por semana.

Sua esposa se divorciara dele enquanto estava na prisão. Era um homem solitário e, de maneira geral, desagradável. Theo não gostava muito de ir visitá-lo toda segunda-feira à tarde. Mas o fato de ele ser da família tinha alguma importância, de acordo com os pais de Theo, embora eles mesmos não passassem quase nenhum tempo com ele.

– Olá, Theo – cumprimentou Ike quando ele abriu a porta para a sala comprida e atravancada e entrou.

– Olá, Ike.

Embora ele fosse mais velho que o pai de Theo, insistia em ser chamado apenas de Ike. Como Elsa, isso fazia parte de seu esforço para se manter jovem. Ele usava jeans desbotados, sandálias, uma camiseta de propaganda de cerveja e várias pulseiras de contas no pulso esquerdo. O cabelo branco, comprido e desgrenhado, estava preso num rabo de cavalo.

Ike estava sentado à sua escrivaninha, uma mesa larga cheia de pilhas de pastas. The Greatful Dead tocava baixinho no equipamento de som. Obras de arte modernas e baratas cobriam as paredes.

De acordo com a sra. Boone, Ike tinha sido o típico advogado tributarista de empresas, todo formal, em seu terno escuro, antes de se meter na tal encrenca. Agora, se considerava um velho hippie, antitudo. Um verdadeiro rebelde.

– Como vai meu sobrinho favorito? – perguntou ele, enquanto Theo se acomodava na cadeira defronte à mesa.

– Ótimo. – Theo era seu único sobrinho. – Como foi o seu dia?

Ike apontou a bagunça que cobria sua mesa.

– Como sempre. Apenas tentando resolver problemas de dinheiro para gente que não tem dinheiro. Como vão as coisas na Boone & Boone?

– Tudo igual. – Embora estivesse apenas a quatro quarteirões do escritório dos Boone, Ike raramente se encontrava com os pais de Theo. Ainda mantinham relações amistosas, mas o passado era complicado.

– Como vai a escola?

– Bem.

– Só conceitos A?

– Sim. Talvez um A- em química.

– De você só quero A.

Você e todo mundo, pensou Theo. Ele não tinha muita certeza de como ou por que Ike achava que tinha direito a uma opinião sobre suas notas, mas imaginava que tios servissem para isso. De acordo com seus pais, Ike tinha sido um aluno brilhante e terminara a faculdade em apenas três anos.

– Como vai sua mãe?

– Está ótima, trabalhando muito. – Ike nunca perguntava pelo sr. Boone.

– Imagino que você esteja entusiasmado com o julgamento de amanhã.

– Estou. Minha turma de Estudos do Governo vai fazer uma pesquisa de campo no tribunal. Vamos passar o dia inteiro lá. Você vai assistir? – perguntou Theo, apesar de já saber a resposta.

Ike fungou com desdém.

– Eu não. Não entro voluntariamente em tribunais. E, além disso, estou com muito trabalho. – Um típico Boone.

– Eu mal posso esperar – disse Theo.

– Então você ainda quer ser advogado, um grande advogado de tribunal?

– O que há de errado nisso?

– Ah, nada. – Eles sempre tinham aquela mesma conversa todas as semanas. Ike queria que Theo se tornasse arquiteto, ou artista, alguma coisa criativa. – A maioria dos garotos sonha em ser policial, ou bombeiro, ou um grande atleta, ou ator. Nunca vi um menino tão apaixonado pela ideia de ser advogado.

– Todo mundo tem que ser alguma coisa.

– Imagino que sim. Este advogado de defesa, o Clifford Nance, é muito bom. Você já o viu em ação?

– Não em um grande julgamento. Já o vi no tribunal fundamentando pedidos e coisas assim, mas não em um julgamento.

– Houve uma época em que eu conheci Clifford bastante bem. Há muitos anos. Aposto que ele vai ganhar.

– Você acha mesmo?

– Claro. É um caso difícil para a promotoria, pelo que ouvi dizer. – Embora quase não saísse, Ike tinha um talento especial para sempre saber dos boatos que corriam no tribunal. O pai de Theo desconfiava que as informações de Ike viessem do jogo de pôquer semanal com um grupo de advogados aposentados.

– Na verdade, não existe nenhuma prova de que o sr. Duffy tenha matado sua mulher – disse Ike. – É possível que o promotor demonstre que ele tinha um forte motivo e desperte algumas suspeitas, mas nada além disso.

– Qual é o motivo? – perguntou Theo, embora soubesse a resposta. Ele queria apenas ver o quanto Ike sabia ou quanto estava disposto a contar.

– Dinheiro. Um milhão de dólares. O sr. Duffy comprou uma apólice de seguro de vida para a esposa há dois anos. No caso da morte dela, ele recebe um milhão de dólares. O negócio dele não estava indo bem. Ele precisava de dinheiro, portanto a teoria é de que ele, literalmente, resolveu o assunto com as próprias mãos.

– Ele a sufocou? – Theo tinha lido todas as matérias dos jornais sobre o assassinato e sabia qual fora a causa da morte.

– Esta é a teoria. Ela morreu estrangulada. O promotor vai afirmar que o sr. Duffy a estrangulou, então saqueou a casa, sumiu com as joias e tentou fazer com que parecesse que ela entrara em casa e dera de cara com um ladrão.

– O que o sr. Nance vai tentar provar?

– Ele não tem que provar nada, mas vai argumentar que não existe prova, nenhum indício de que o sr. Duffy estivesse na cena do crime. Pelo que sei, não existem testemunhas que possam colocá-lo lá. É um caso muito difícil para a promotoria.

– Você acha que ele é culpado?

Ike estalou os dedos e cruzou as mãos atrás da cabeça. Refletiu por um momento e então disse:

– Provavelmente. Apostaria que Duffy planejou tudo muito cuidadosamente, e que as coisas aconteceram exatamente como ele queria. Aquelas pessoas andam fazendo coisas muito estranhas por lá.

"Aquelas pessoas" eram os moradores de Waverly Creek, uma comunidade rica construída ao redor de um campo de golfe de vinte e sete buracos e protegida por grades e portões. Eles eram os residentes mais novos, em contraste com os mais tradicionais, que moravam na cidade propriamente dita e que se consideravam os verdadeiros cidadãos de Strattenburg. A frase "Eles moram no Creek" era ouvida com muita frequência, e geralmente descrevia pessoas que acrescentavam pouco à comunidade e se preocupavam demais com dinheiro. A distinção não fazia muito sentido para Theo. Ele tinha amigos que moravam lá. Seus pais tinham clientes em Waverly Creek. Ficava apenas a três quilômetros a leste da cidade, mas com frequência era tratada como se ficasse em outro planeta.

A sra. Boone dizia que pessoas em cidades pequenas passavam tempo demais elogiando ou criticando os outros. Desde que Theo era bem pequeno, ela já fazia sermões lhe falando sobre os males de julgar os outros.

A conversa passou para o beisebol, e, é claro, para os Yankees. Ike era um torcedor fanático dos Yankees e adorava citar as estatísticas de todos os seus jogadores favoritos. Embora ainda fosse abril, ele já fazia previsões sobre mais uma vitória na World Series. Theo rebatia como sempre, mas, na qualidade de torcedor dos Twins, tinha pouca munição.

Depois de trinta minutos, despediu-se com a promessa de voltar na semana seguinte.

– Trate de melhorar esta sua nota de Química – recomendou Ike severamente.

Capítulo 5

O juiz Gantry puxou a manga direita de sua longa toga preta para ajustá-la corretamente, então passou pela maciça porta de carvalho atrás da bancada de sua sala de audiência. Um meirinho subitamente ordenou em voz alta:

– Levantem-se todos!

Espectadores, jurados, advogados, escrivães, todos os participantes no julgamento, se puseram de pé de um salto. Enquanto o juiz Gantry se acomodava em sua cadeira que parecia um trono, o meirinho recitou as palavras de sempre:

– Ouçam todos, ouçam todos, a Corte Criminal do Décimo Distrito está agora em sessão, presidida pelo Meritíssimo Senhor juiz Henry Gantry. Que se apresentem as partes. Deus abençoe esta corte.

– Por favor, sentem-se – disse o juiz Gantry em voz alta no microfone à sua frente.

Com a mesma rapidez com que tinham se levantado de um salto, todos se sentaram em um movimento coletivo. Cadeiras gemeram. Bancos rangeram. Bolsas e maletas foram rearrumadas, e as cerca de duzentas pessoas presentes pareceram respirar em uníssono. Então, fez-se um grande silêncio.

O juiz Gantry examinou rapidamente a sala de audiência. Como se esperava, estava totalmente lotada.

– Bem, com certeza temos muitos interessados aqui hoje – disse ele. – Obrigado pela presença.

Observou o balcão ao alto, trocou um olhar com Theodore Boone, então sorriu ao ver seus colegas de turma sentados lado a lado, todos imóveis e atentos.

– A causa a ser examinada hoje é o caso do Estado contra o sr. Peter Duffy. O Estado está pronto para prosseguir?

Jack Hogan, o promotor, levantou-se e anunciou:

– Sim, Excelência, o Estado está pronto.

– O réu está pronto para prosseguir?

Clifford Nance se levantou e disse em tom solene:

– Estamos prontos, Excelência.

O juiz Gantry virou-se para a direita, olhou o júri e disse:

– Muito bem, senhoras e senhores do júri, os senhores foram selecionados na semana passada e, quando saíram daqui, dei-lhes instruções específicas para não discutirem este caso com ninguém. Adverti os senhores de que, se alguém tentasse abordá-los e debater este caso, deveriam me informar. Agora pergunto se isto aconteceu. Houve algum contato por parte de alguém a respeito deste caso?

Todos os jurados sacudiram a cabeça em negativa.

– Bom. Já foram apreciadas e decididas todas as preliminares antes do julgamento e agora estamos prontos para começar. No presente estágio do julgamento, ambas as partes terão a oportunidade de se dirigir diretamente aos senhores e apresentar o que chamamos de argumentos iniciais. Um argumento inicial não é prova, não é evidência, é apenas um resumo da versão de cada parte sobre o que aconteceu. Uma vez que o ônus da prova de culpa cabe ao Estado, o Estado sempre falará primeiro. Sr. Hogan, o senhor está pronto?

– Sim, Meritíssimo.

– Pode prosseguir.

Theo não tinha conseguido comer no café da manhã e dormira pouco. Tinha lido muitas histórias sobre atletas que ficavam tão nervosos que não conseguiam dormir nem comer antes de uma grande competição. Eram dominados pelo nervosismo, sofriam de enjoos e problemas de estômago causados pelo temor e pela pressão. Theo, sem dúvida, sentia a pressão naquele momento. O ar na sala de audiência estava pesado e tenso. Embora ele fosse apenas um espectador, sentia o estômago dar voltas. Ali estava a grande competição.

O sr. Hogan era um promotor de carreira que cuidava dos casos mais importantes em Strattenburg. Careca, alto, magro e musculoso, usava sempre um terno preto. Pelas costas, as pessoas faziam troça de seus ternos pretos. Ninguém sabia ao certo se ele tinha apenas um ou dúzias deles. Embora raramente sorrisse, deu início à sua argumentação inicial com um simpático "bom-dia" e se apresentou aos dois promotores mais jovens sentados à sua mesa. Ele fez um bom trabalho de quebrar o gelo.

Então passou ao que interessava. Ele apresentou a vítima, Myra Duffy, mostrando ao júri uma grande fotografia colorida.

– Tinha apenas quarenta e seis anos quando foi assassinada – disse em tom muito sério. – Era mãe de dois filhos, Will e Clark, ambos estudantes universitários. Eu gostaria que eles se levantassem. – Apontou para a fila da frente, imediatamente atrás da mesa da promotoria, e os dois rapazes se levantaram acanhados e olharam para os jurados.

Theo sabia, pelas matérias dos jornais, que o pai deles, o primeiro marido de Myra, tinha morrido num desastre de avião quando eram meninos. O sr. Duffy era seu segundo marido, e ela, a segunda esposa dele.

As pessoas gostavam de dizer que havia muitos segundos casamentos "pelas bandas de The Creek".

O sr. Hogan descreveu o crime. A sra. Duffy tinha sido encontrada na sala de visitas de uma grande casa, de estilo contemporâneo, onde morava com o sr. Duffy. Era uma casa nova, tinha menos de três anos e ficava em um terreno arborizado, ao fundo do campo de golfe. Por causa do arvoredo, a casa quase não era visível da rua, mas o mesmo podia ser dito da maioria das casas em Waverly Creek. A privacidade era importante por lá.

Quando o corpo dela foi encontrado, a porta da frente da casa estava destrancada e ligeiramente aberta. O sistema de alarme estava desativado. Alguém tinha levado todas as joias de seu closet, uma coleção de relógios antigos do sr. Duffy e três pistolas de uma gaveta junto à televisão na sala íntima. O valor estimado dos objetos roubados era de cerca de trinta mil dólares.

A causa da morte fora estrangulamento. Com a aprovação do juiz Gantry, o sr. Hogan se aproximou de um projetor, apertou um botão e uma grande foto colorida apareceu numa tela na parede diante do júri. Mostrava a sra. Duffy caída no piso acarpetado, bem-vestida, aparentemente intocada, os sapatos de salto alto ainda nos pés. O sr. Hogan explicou que no dia em que fora assassinada, uma terça-feira, tinha um almoço marcado com a irmã. Aparentemente, estava pronta para sair de casa quando foi agredida e morta. O assassino vasculhara a casa, pegara os objetos que estavam faltando e se fora. A irmã começara a ligar para o celular da sra. Duffy, fizera dez chamadas ao longo das duas horas seguintes, e ficara tão preocupada que dirigira até Waverly Creek, até a casa dos Duffy, e encontrara sua irmã. No que dizia respeito ao cenário do crime, parecia bastante tranquilo. A vítima poderia apenas ter sofrido um desmaio. De início, a irmã e a polícia tinham pensado que ela morrera de um ataque cardíaco, um derrame ou alguma outra causa natural. Mas dada sua idade, boa forma física e o fato de não ter nenhum histórico de abuso de drogas, rapidamente tinham ficado desconfiados.

Uma autópsia revelou a verdadeira causa da morte. A pessoa que matara a sra. Duffy a havia agarrado por trás e pressionado firmemente sua artéria carótida. O sr. Hogan colocou os dedos sobre a própria carótida do lado direito do pescoço.

– Dez segundos de pressão firme no lugar exato e o indivíduo perde a consciência – disse ele. Então esperou, enquanto todo mundo aguardava se ele iria desmaiar ali no meio do tribunal. Ele não o fez. Prosseguiu: – Depois que a sra. Duffy desmaiou, o assassino continuou pressionando, com grande firmeza, e sessenta segundos depois ela estava morta. Não há sinais de luta... não há unhas quebradas, arranhões, nada. Por quê? Porque a sra. Duffy conhecia o homem que a matou.

O sr. Hogan se virou dramaticamente e lançou um olhar furioso para o sr. Duffy, que estava sentado entre Clifford Nance e o outro advogado de defesa.

– Ela o conhecia porque era casada com ele.

Houve uma pausa longa e pesada, enquanto a sala inteira olhava para o sr. Duffy. Theo podia ver a parte de trás de sua cabeça. Queria desesperadamente ver-lhe o rosto. O sr. Hogan continuou:

– Ele pôde chegar tão perto porque ela confiava nele.

O sr. Hogan foi se postar ao lado do projetor e mostrou mais fotos. Usando-as, ele apresentou todos os detalhes da cena do crime – o interior da casa, a porta da frente, a porta dos fundos, a grande proximidade do campo de golfe. Mostrou uma foto da entrada principal de Waverly Creek, com seus grandes portões, a guarita do guarda e câmeras de segurança. Então explicou como era altamente improvável que um intruso, mesmo que fosse muito inteligente, pudesse violar todo aquele aparato de segurança. A menos, é claro, que não fosse realmente um intruso porque também morasse lá.

Nenhum dos vizinhos viu um veículo desconhecido sair da casa dos Duffy. Ninguém viu um desconhecido andando pelas ruas ou fugindo da casa. Nada fora do comum foi relatado. Nos últimos seis anos, tinham sido registrados apenas dois assaltos a casas em Waverly Creek. Não se ouvia falar em crimes naquela comunidade sossegada.

No dia do assassinato, o sr. Duffy jogou golfe, algo que fazia quase toda terça-feira. De acordo com o registro do computador na loja do campo de golfe, saiu para jogar às onze e dez. Ele estava sozinho, algo que não era incomum, e como sempre, usou seu próprio carrinho elétrico. Disse ao fiscal do campo que planejava jogar dezoito buracos, os Nove do Norte e os Nove do Sul, os dois percursos mais apreciados. A casa dos Duffy fazia limite com o *fairway* do buraco seis do Campo Creek, um percurso menor, preferido pelas senhoras.

O sr. Duffy era um golfista sério que sempre marcava sua pontuação e não trapaceava. Jogar dezoito buracos sozinho geralmente levava cerca de três horas. O dia estava encoberto, frio e ventoso – um tempo que desencorajaria a maioria das pessoas de jogar golfe. Exceto por um grupo de quatro jogadores que saíra para jogar às dez e vinte, não havia mais ninguém em nenhum dos três campos às onze e dez. Um outro grupo de quatro jogadores saiu para jogar à uma e quarenta.

A irmã da sra. Duffy a encontrou e imediatamente ligou para 911. A chamada foi registrada às duas e catorze. A autópsia calculou que a morte ocorrera por volta das onze e quarenta e cinco.

Com a ajuda de um assistente, o sr. Hogan montou um grande diagrama da comunidade de Waverly Creek. Identificou os três campos de golfe, a loja, o campo de treino, as quadras de tênis e outros pontos de interesse, então mostrou ao júri a localização da casa dos Duffy no Campo Creek. De acordo com os testes que a promotoria havia realizado, o sr. Duffy estava no quarto ou no quinto buraco do campo Nove do Norte no horário do assassinato da esposa. Dirigindo um carrinho idêntico ao de propriedade do sr. Duffy, uma pessoa podia ir daquela parte do campo até a casa dos Duffy no *fairway* do buraco seis em cerca de oito minutos.

Peter Duffy olhou para o diagrama e lentamente sacudiu a cabeça, como se o sr. Hogan estivesse dizendo absurdos. Ele tinha quarenta e nove anos, era moreno, rosto carrancudo e uma vasta cabeleira grisalha. Usava óculos de aro de osso, um terno marrom, e poderia ser facilmente confundido com um dos advogados.

Jack Hogan acentuou o fato de que o sr. Duffy sabia que a esposa estava em casa, obviamente tinha acesso à sua própria casa, estava em um carrinho de golfe apenas a alguns minutos de distância na hora do assassinato, e estivera jogando numa hora em que o campo estava praticamente deserto. Suas chances de ser visto eram remotas.

– Ele planejou muito bem – declarou o sr. Hogan, repetidamente.

O simples fato de que um bom advogado ficasse repetindo que o sr. Duffy tinha matado a esposa fazia com que sua teoria parecesse crível. Repita alguma coisa o número de vezes suficiente, e as pessoas começarão a acreditar nela. O sr. Mount era da opinião de que a presunção de inocência, nos dias de hoje, havia se tornado uma piada. A presunção é de culpa. E, Theo tinha de admitir, era difícil pensar no sr. Duffy em termos de inocência, pelo menos depois dos primeiros minutos do julgamento.

Por que o sr. Duffy mataria a esposa? O sr. Hogan fez esta pergunta ao júri de tal maneira que ficou evidente que ele sabia a resposta.

– Por dinheiro, senhoras e senhores. – Com um grande gesto dramático, ele pegou um documento em sua mesa e anunciou: – Isto é uma apólice de seguro de vida de um milhão de dólares comprada pelo sr. Peter Duffy há dois anos, o seguro de vida de sua falecida esposa, Myra Duffy.

Silêncio mortal. A culpa pareceu se tornar mais pesada.

O sr. Hogan folheou a apólice enquanto a debatia, e pareceu perder um pouco o ímpeto de seu argumento.

Quando acabou com ela, atirou-a de volta sobre a mesa, então se lançou em um longo debate sobre as dificuldades financeiras do sr. Duffy. Ele era um incorporador de imóveis que ganhara muito dinheiro, perdera muito dinheiro, e na ocasião da morte da esposa estava sendo pressionado por alguns bancos. O sr. Hogan prometeu ao júri que a promotoria provaria que o réu, Peter Duffy, estava à beira da falência.

Portanto, ele precisava de dinheiro. Como, por exemplo, o dinheiro do seguro de vida.

Quanto ao quesito do motivo, havia mais argumentos. O sr. Hogan disse aos jurados que eles ficariam sabendo que o casamento dos Duffy não tinha sido feliz. Que tinha havido problemas, muitos problemas. O casal se separara em pelo menos duas ocasiões. Ambos tinham contratado advogados para cuidar do divórcio, embora nunca o tivessem efetivamente pedido.

Para concluir, o sr. Hogan postou-se o mais próximo possível dos jurados e lançou-lhes um olhar sério.

– Este foi um assassinato a sangue-frio, senhoras e senhores. Perfeitamente planejado e cuidadosamente executado. Sem percalços. Nenhuma testemunha, nenhum vestígio deixado para trás. Nada, exceto uma linda mulher brutalmente morta por estrangulamento. – O sr. Hogan subitamente fechou os olhos, bateu de leve no lado da cabeça e disse: – Ah, eu me esqueci de uma coisa. Eu me esqueci de dizer aos senhores que há dois anos, quando o sr. Duffy comprou a apólice de seguro de vida, ele também começou a jogar golfe sozinho. Ele raramente jogava sozinho antes disso, quase nunca, e apresentaremos testemunhas para prová-lo. Não é uma coincidência? Ele planejou isso durante dois anos. Silenciosamente ajustando os jogos de golfe à agenda da esposa, apenas esperando. Esperando por um dia frio e ventoso para que o campo estivesse vazio. Esperando pelo momento perfeito para correr para casa, estacionar o carrinho ao lado do pátio, entrar pela porta dos fundos, "Oi, querida, cheguei", então agarrá-la quando ela não estivesse olhando. Um minuto depois, ela estava morta. Ele havia planejado isso durante tanto tempo que sabia exatamente o que fazer. Apanhou todas as joias dela, apanhou seus relógios caros e as armas, de modo que a polícia pensasse que aquilo tinha sido obra de um assaltante. Segundos depois, ele estava saindo por onde entrara, de volta ao carrinho, voando pelos *fairways* até o buraco cinco no Nove do Norte, onde pegou um ferro quatro, casualmente acertou uma bela tacada e concluiu mais um jogo solitário de golfe.

O sr. Hogan fez uma pausa. O silêncio era absoluto. Ele pegou seu bloco amarelo e voltou para a cadeira.

Haviam se passado noventa minutos. O juiz Gantry bateu o martelo e disse:

– Vamos fazer um intervalo de dez minutos.

O sr. Mount reuniu sua turma no final de um corredor estreito no segundo andar. Os garotos conversavam animadamente sobre o drama a que tinham acabado de assistir.

– Isto é muito melhor que televisão – disse um deles.

– Muito bem, rapazes – disse o sr. Mount –, vocês ouviram apenas os argumentos de um lado do caso. Só de brincadeira, vamos lá, quem acha que ele é culpado?

Pelo menos doze mãos se levantaram. Theo queria votar sim, para culpado, mas sabia que seria prematuro.

– E a presunção de inocência? – perguntou o sr. Mount.

– Foi ele – disse Darren, o baterista. Vários outros se manifestaram de acordo.

– Ele é culpado – falou Brian, o nadador.

– Ele não vai ter como escapar.

– Ele planejou tudo com perfeição.

– Ele matou sim.

– Ok, ok – disse o sr. Mount. – Vamos ter esta mesma conversa durante o intervalo para o almoço, depois que vocês tiverem ouvido o outro lado.

O outro lado começou com estrépito. Clifford Nance esperou até que a sala de audiência estivesse silenciosa antes de andar até a bancada do júri. Ele tinha cerca de sessenta anos, cabelos grisalhos que cobriam as orelhas, peito e braços corpulentos e um porte orgulhoso que parecia dizer que nunca havia fugido de uma briga no tribunal ou fora dele.

– Não há nem um fiapo de prova! – Trovejou numa voz grave, ligeiramente rouca, que ecoou nas paredes.

– Não há nem um fiapo de prova! – Trovejou de novo, como se alguém pudesse ter deixado de ouvir da primeira vez. Theo se descobriu se encolhendo.

– Nada! Não há testemunhas! Não há indícios da cena do crime. Nada, exceto esta história simples e bem-arrumada que o sr. Hogan acabou de contar aos senhores, da qual nenhuma palavra constitui prova. É apenas a versão fantasiosa dele do que *talvez* possa ter acontecido. Talvez Peter Duffy quisesse matar a esposa. Talvez ele tenha planejado tudo cuidadosamente. Talvez tenha corrido por um campo de golfe vazio. Talvez tenha chegado em casa justo a tempo de cometer um dos assassinatos mais limpos da história. Então talvez tenha roubado algumas coisas, deixado a porta da frente da casa aberta, corrido de volta para o quarto buraco e retomado seu jogo. Talvez tenha sido isto o que aconteceu.

O sr. Nance caminhava agora bem lentamente diante do júri, no ritmo perfeito para acompanhar suas palavras.

– O que o sr. Hogan está lhes pedindo, senhoras e senhores, é para jogarem o Jogo do Talvez. Talvez isto tenha acontecido, talvez aquilo tenha acontecido. E ele quer que entrem no jogo porque não tem provas. Não tem nada. Nada além de um homem jogando golfe sozinho, cuidando da própria vida, enquanto sua mulher era assassinada na bela casa deles, a menos de um quilômetro de distância.

Ele parou de andar de um lado para outro e se aproximou dos jurados. Escolheu um senhor na frente e pareceu pronto para lhe dar uma palmadinha no joelho. E disse com voz baixa:

– Eu sinceramente não culpo o sr. Hogan por jogar o Jogo do Talvez. Na verdade, ele não tem escolha, porque não tem provas. Ele não tem nada além de uma vívida imaginação.

O sr. Nance se virou para a direita e encarou uma dona de casa de meia-idade.

– Nossa Constituição, nossas leis, nossas regras de conduta, todas são fundamentadas nas ideias de honestidade e justiça. E sabem o que mais? Não admitem absolutamente nenhum espaço para uma porção de "talvez". Nossas leis são claras. O juiz Gantry as explicará mais tarde, e, quando ele o fizer, por favor, ouçam atentamente. Os senhores não o ouvirão dizer a palavra "talvez" nem uma única vez. O que ouvirão é a regra americana bem conhecida, veneranda e muito antiga que diz que, quando o Estado acusa alguém de um crime, o Estado tem de entrar aqui com todos os seus recursos... investigadores, polícia, peritos de local, promotores, todas estas pessoas inteligentes e experientes... e provar, além de qualquer dúvida razoável, que esta pessoa, de fato, cometeu o crime.

O sr. Nance se virou para a esquerda e olhou de modo sincero e convincente para os seis jurados na segunda fila. Ele falava sem o auxílio de anotações, as palavras fluíam harmoniosas, quase sem esforço, como se tivesse feito aquilo um milhão de vezes, mas sem perder nem um pouco da paixão.

– Além de qualquer dúvida razoável. Além de qualquer dúvida razoável. O Estado tem uma árdua obrigação, que não tem nenhuma possibilidade de cumprir.

Ele fez uma pausa enquanto todo mundo respirava fundo. Então se encaminhou até a mesa da defesa e pegou um bloco amarelo de anotações, mas não olhou para ele. Era um ator, no meio do palco, e conhecia suas falas de cor. Pigarreou e então, no volume máximo, prosseguiu:

– Pois bem, a lei declara que Pete Duffy não tem de testemunhar, não tem de apresentar testemunhas para depor em sua defesa, não tem de provar coisa nenhuma. E por que isso? Bem, é muito simples. Ele é protegido por uma de nossas mais estimadas salvaguardas. Esta se chama a presunção da inocência. – O sr. Nance se virou e apontou para o cliente. – Peter Duffy se encontra aqui como um homem inocente, como os senhores e como eu.

Ele voltou a caminhar, lentamente, sem tirar os olhos sequer por um minuto dos jurados.

– Contudo, Peter Duffy vai testemunhar. Ele quer dar seu depoimento. Mal pode esperar para testemunhar. E quando ocupar esta cadeira aqui, no banco das testemunhas, vai testemunhar, sob juramento, e dirá a verdade aos senhores. A verdade, senhoras e senhores, é algo muito diferente da historinha que o sr. Hogan acabou de lhes apresentar. A verdade, senhoras e senhores, é que Peter Duffy estava realmente jogando golfe naquele dia fatídico, e que ele estava sozinho, a maneira como prefere jogar. Os registros mostrarão que saiu para jogar às onze e dez, que saiu em seu carrinho de golfe depois de bater a bola para começar, o mesmo carinho que mantém na garagem de sua casa, como faz a maioria de seus vizinhos. Ele estava sozinho no campo de golfe, enquanto sua esposa estava em casa se aprontando para sair para um almoço na cidade. Um ladrão, algum criminoso desconhecido que ainda está à solta e que provavelmente continuará assim se as coisas prosseguirem como estão, entrou na casa silenciosamente, e equivocadamente pensou que não havia ninguém. O alarme estava desligado. A porta da frente estava destrancada, do mesmo modo que a dos fundos. Isto não era e ainda não é incomum naquela área. Inesperadamente o ladrão se viu diante da sra. Duffy, e a atacou com as mãos nuas porque não tinha arma, e naquele momento ele se tornou algo diferente. Ele se tornou um assassino.

O sr. Nance fez uma pausa e andou até a mesa da defesa, onde pegou um copo de água e bebeu um grande gole. Todo mundo o observava. Não havia mais nada para olhar.

– E ele ainda está solto lá fora! – disse ele subitamente, quase que num grito. – Ou poderia estar aqui – disse, abrindo os braços para abarcar a sala inteira. – Já que estamos jogando o Jogo do Talvez, então talvez ele esteja aqui, assistindo a este julgamento. Por que não? Com certeza, o sr. Hogan e sua equipe não apresentam nenhum risco para ele.

Theo reparou que vários dos jurados olharam de relance em direção aos espectadores.

O sr. Nance tomou então outro rumo e começou a falar sobre a apólice de seguro de vida e, especificamente, sobre o fato de o sr. Duffy ter comprado uma que fazia dele o beneficiário de um milhão de dólares, caso sua esposa morresse. Mas havia uma apólice idêntica de seguro de vida do sr. Duffy, cuja beneficiária era a sra. Duffy. Eles apenas tinham feito o que a maioria dos casais faz, tinham comprado apólices de seguro de vida em benefício um do outro. Ele prometeu provar ao júri que os negócios de Peter Duffy não estavam nem de longe em tão má situação quanto o sr. Hogan afirmava. Admitiu que os Duffy enfrentaram dificuldades no casamento, que tinham se separado em mais de uma ocasião, mas que nunca chegaram a pedir o divórcio. Na verdade, estavam determinados a superar suas diferenças.

O sr. Mount estava sentado na segunda fila no balcão, atrás dos alunos. Escolhera aquele lugar cuidadosamente, de modo que pudesse ver os dezesseis, se necessário. Até aquele momento, os garotos tinham estado completamente fascinados pelos discursos dos advogados. De maneira nada surpreendente, Theo parecia mais absorto que seus colegas. Theo Boone estava exatamente onde queria estar.

Quando o sr. Nance encerrou, o juiz Gantry ordenou um intervalo para o almoço.

Capítulo 6

A turma de alunos atravessou a Main Street e seguiu para leste, em direção ao rio. O sr. Mount se manteve um ou dois passos mais para trás, divertindo-se ao ouvir os garotos debaterem a audiência, alguns deles usando as mesmas expressões e palavras que tinham acabado de ouvir dos advogados.

– Por aqui – disse ele, e o grupo virou à esquerda numa rua estreita.

Eles entraram na Pappy's, uma famosa delicatéssen conhecida pelos sanduíches de pastrami e anéis de cebola fritos. Eram dez para o meio-dia e eles tinham chegado antes dos clientes do almoço. Fizeram os pedidos rapidamente e então se reuniram ao redor de uma mesa perto da vitrine.

– Quem foi o melhor, o advogado de defesa ou o promotor? – perguntou o sr. Mount.

Pelo menos dez responderam imediatamente, e a turma se dividiu entre Jack Hogan e Clifford Nance. O sr. Mount os estimulou com perguntas, como: em qual deles você acredita? Em qual dos dois confiaria? Em qual dos dois o júri tenderá a acreditar?

A comida chegou, e a conversa cessou subitamente.

– Hora de abrir o jogo – disse o sr. Mount. – E vocês terão que votar. Não serão aceitas abstenções. Levante a mão quem acredita que o sr. Duffy é culpado.

Ele contou dez mãos.

– Ok, agora, inocente.

Ele contou cinco mãos.

– Theo, eu disse que o voto é obrigatório.

– Desculpe, mas não posso votar. Acho que ele é culpado, mas não vejo como o Estado conseguirá provar isso. Tudo o que eles podem provar é o motivo, e talvez.

– O Jogo do Talvez, hein? – disse o sr. Mount. – Achei que foi muito eficaz.

– Eu estou com Theo – disse Aaron. – É claro que o sr. Duffy parece ser culpado, mas o promotor não consegue nem mesmo botá-lo na cena do crime. Isto é um problema, certo?

– Um grande problema – respondeu o sr. Mount.

– E quanto às joias roubadas, os relógios e as armas? – perguntou Edward. – Eles encontraram as peças? Nenhum advogado tocou no assunto.

– Não sei, mas os argumentos iniciais são um tanto limitados.

– Eles me pareceram bastante longos.

– Descobriremos quando as testemunhas forem chamadas – acrescentou Theo.

– Quem é a primeira testemunha? – perguntou Chase.

– Não vi a lista de testemunhas – respondeu o sr. Mount. – Mas eles geralmente começam com a cena do crime. Provavelmente será um dos detetives.

– Que legal.

– Até que horas vamos poder ficar hoje, sr. Mount?

– Temos que estar de volta na escola às três e meia.

– Até que horas irá o julgamento?

– O juiz Gantry gosta de trabalhar – disse Theo. – No mínimo, até as cinco.

– Podemos voltar amanhã, sr. Mount?

– Receio que não. Foi uma pesquisa de campo de um dia. Vocês têm outras aulas, sabem disso. Nenhuma tão divertida quanto a minha, mas esta é apenas minha opinião.

Subitamente a loja ficou lotada e formou-se uma fila do lado de fora. O sr. Mount recomendou a seus alunos que tratassem de acabar. Pappy, o dono, era famoso por reclamar com as pessoas que ocupavam mesas por muito tempo depois de acabarem de comer.

Eles caminharam devagar pela Main Street, que agora estava movimentada, com pessoas saindo apressadas para almoçar. Junto a uma fonte, funcionários de escritório conversavam e comiam enquanto tomavam um pouco de sol. O sr. Peackock, o velho guarda de trânsito, direcionava o tráfego com seu apito muito usado e as luvas amarelas, e conseguia impedir acidentes, algo que nem sempre era verdade com relação a si mesmo. Um pouco mais adiante, um grupo de homens de ternos escuros saiu de um prédio e seguiu na mesma direção que os alunos. O sr. Mount cochichou:

– Olhem, rapazes, é o sr. Duffy e seus advogados.

Os garotos reduziram a marcha por um segundo enquanto o grupo de terno escuro seguia à frente deles. Pete Duffy, Clifford Nance, dois outros advogados de rosto sério e um quinto homem que Theo não tinha visto na sala de audiência naquela manhã, mas que conhecia bem. O nome dele era Omar Cheepe, e não era advogado, embora fosse muito conhecido nos círculos legais. O sr. Cheepe era um ex-agente federal, agora dono de sua própria firma. Sua especialidade eram investigações e vigilância e outras atividades de que advogados de vez em quando precisavam. Ele e a sra. Boone certa ocasião tinham se cruzado durante um caso de divórcio litigioso, e Theo ouvira a mãe descrever Omar Cheepe como "um rufião armado" e "um homem que gosta de infringir a lei". Theo, é claro, não deveria ter ouvido aqueles comentários, mas ouvia muita coisa que não devia no escritório. Na verdade, não conhecia o sr. Cheepe, mas já o tinha visto no tribunal. De acordo com o que se dizia na cidade, se Omar Cheepe estava trabalhando para uma parte em alguma ação, então alguém tinha de ser culpado.

Omar olhou diretamente para Theo. Era um homem corpulento, forte e musculoso, com uma grande cabeça redonda que mantinha sempre raspada. O homem tentava parecer ameaçador, e conseguia.

Ele se virou e seguiu apressado atrás de Duffy.

Eles desceram pela Main Street, os garotos andando depressa de modo a poderem acompanhar o acusado e sua equipe. O corpo grandalhão de Omar Cheepe protegia Pete Duffy por trás, como se alguém pudesse tentar atirar nele. Clifford Nance contou uma história engraçada, e os homens deram gostosas gargalhadas.

Pete Duffy riu mais alto que todos. Culpado. Theo detestava acreditar nisso porque nem uma única testemunha havia prestado depoimento. Além disso, ele gostava de dizer a si mesmo que acreditava na presunção de inocência.

Culpado, repetiu Theo para si mesmo. Por que não conseguia respeitar a lei e dar ao sr. Duffy o benefício da presunção de inocência? Por que não conseguia fazer o que bons advogados deveriam fazer? Frustrado por isso, seguiu com os outros atrás do sr. Duffy e seus advogados.

Faltava alguma coisa naquele caso, e, com base no que já fora dito no tribunal, Theo desconfiava que o mistério nunca seria solucionado.

Eles voltaram para seus assentos, na fila da frente do lado direito do balcão, e deixaram que a comida se acomodasse. O juiz Gantry marcara o reinício para uma hora, ainda faltavam uns quinze minutos. O guarda Gossett, o velho meirinho, aproximou-se pesadamente e disse:

– Theo.

– Sim, senhor.

– Esta é sua turma?

O que mais poderia ser, sr. Gossett? Um professor, dezesseis alunos?

– É sim.

– O juiz Gantry gostaria de vê-los, em seu gabinete. E ande depressa. Ele é um homem ocupado.

Theo apontou para si mesmo, tentou pensar em algo para dizer.

– A turma inteira – disse o guarda Gossett. – E depressa.

Eles se levantaram rapidamente e seguiram em fila atrás do sr. Gossett.

"No gabinete" significava que o juiz estava em seu escritório atrás da bancada, adjacente à sala de audiência. Este escritório era diferente daquele mais formal, que ficava mais adiante no corredor. Era meio confuso, e Theo tentava explicar isso aos colegas, quando o sr. Gossett abriu a porta para um aposento comprido, revestido de lambris e com velhos retratos de antigos juízes cobrindo as paredes. O juiz Gantry, sem a toga preta, levantou-se de trás da mesa e avançou para receber os garotos.

– Olá, Theo – disse ele, deixando-o ligeiramente encabulado. Os outros alunos estavam impressionados demais para falar. – E o senhor deve ser o sr. Mount – continuou o juiz, enquanto trocavam um aperto de mãos.

– Sim, senhor juiz, e esta é minha turma de oitavo ano de Estudos do Governo.

Uma vez que não havia cadeiras suficientes para todos, o juiz Gantry falou com os garotos onde estavam:

– Muito obrigado por terem vindo. É importante que os estudantes vejam nosso sistema judiciário em ação. O que acharam até agora?

Os dezesseis garotos ficaram mudos. O que deveriam dizer?

O sr. Mount os acudiu:

– Estão fascinados com o julgamento – disse ele. – Acabei de ouvir as impressões durante o almoço, eles avaliaram os advogados, falaram sobre os jurados e manifestaram várias opiniões sobre culpa e inocência.

– Não vou perguntar quais foram. Mas temos dois excelentes advogados, vocês não acham?

Dezesseis cabeças concordaram.

– É verdade que Theodore Boone realmente presta assistência jurídica na escola?

Algumas risadas nervosas. Theo pareceu tão encabulado quanto orgulhoso.

– É, mas não cobro nada deles – respondeu. Seguiram-se mais risadas.

– Alguém tem perguntas sobre o julgamento? – quis saber o juiz Gantry.

– Sim, senhor – disse Brandon. – Na televisão, a gente sempre vê uma testemunha-surpresa que parece surgir do nada e muda o rumo do julgamento. Existe alguma chance de uma testemunha-surpresa aqui? Se não, parece que o caso da promotoria é bastante difícil.

– Boa pergunta, filho. A resposta é não. Nossas regras de conduta proíbem testemunhas-surpresa. A televisão passa uma ideia errada. Na vida real, antes de o julgamento começar, cada lado tem de apresentar uma lista de todas as testemunhas em potencial.

– Quem é a primeira testemunha? – perguntou Jarvis.

– A irmã da vítima, a senhora que encontrou o corpo. Depois dela, virão os detetives de homicídio. Até que horas vocês podem ficar hoje?

– Precisamos estar de volta na escola às três e meia – respondeu o sr. Mount.

– Ok. Ordenarei um intervalo às três, e vocês poderão sair. Que tal os assentos no balcão?

– Maravilhosos, e muito obrigado.

– Passei vocês para baixo, para a plateia. Surgiram algumas vagas. Mais uma vez, agradeço por se interessarem por nosso sistema judiciário. Isto é muito importante para um bom governo. – Com estas palavras, o juiz Gantry encerrou o encontro. Os estudantes agradeceram. Ele e o sr. Mount trocaram mais um aperto de mãos.

Na saída do gabinete, o sr. Gossett os conduziu de volta para a sala de audiência, levando-os até a segunda fila atrás da mesa da promotoria. Na frente deles, estavam os dois rapazes que tinham sido apresentados como os filhos da sra. Duffy. Os advogados estavam a poucos metros de distância. Do outro lado do corredor, Omar estava agora sentado atrás de Pete Duffy, os olhos negros correndo pela sala de audiência, como se fosse precisar atirar contra alguém. Mais uma vez, ele olhou para Theo e o encarou.

Os garotos tinham saído de assentos no balcão para a beira do ringue, e mal conseguiam acreditar nisso. Chase, o cientista louco, estava à direita de Theo, cotovelo com cotovelo. Ele sussurrou:

– Você mexeu seus pauzinhos, Theo?

– Não, mas o juiz Gantry e eu somos bons amigos.

– Belo trabalho.

Exatamente à uma hora, o meirinho se levantou e entoou:

– O tribunal está em sessão. Por favor, permaneçam sentados.

O juiz Gantry apareceu vestindo a toga e acomodou-se em seu lugar. Ele olhou para Jack Hogan e disse:

– O Estado pode chamar a primeira testemunha.

De uma porta lateral, outro meirinho acompanhou uma senhora bem-vestida pela sala de audiência até a cadeira da testemunha.

Ela pôs a mão direita sobre a Bíblia e jurou dizer a verdade. Depois de estar sentada e com o microfone ajustado, o sr. Hogan começou seu interrogatório.

O nome dela era Emily Green, irmã de Myra Duffy. Tinha quarenta e quatro anos, morava em Strattenburg, trabalhava como preparadora física e, no dia do assassinato, fizera exatamente o que o sr. Hogan descrevera na argumentação inicial. Quando sua irmã não aparecera para o almoço marcado, e não telefonara, ela primeiro ficara preocupada, e depois entrara em pânico. Tinha ligado repetidas vezes para seu celular, e então fora correndo para Waverly Creek, para a casa dos Duffy, e encontrara a irmã morta no carpete da sala de visitas.

Era evidente, pelo menos para Theo, que o sr. Hogan e a sra. Green tinham ensaiado cuidadosamente o testemunho dela. Tinha o intuito de confirmar a morte e suscitar simpatia. Quando eles acabaram, Clifford Nance se levantou e anunciou que não tinha perguntas a fazer. A sra. Green foi dispensada e ocupou um assento na primeira fila, ao lado dos sobrinhos, bem na frente dos alunos do sr. Mount.

A testemunha seguinte foi o detetive Krone, do Departamento de Homicídios. Usando a tela grande e o projetor, ele e Jack Hogan mostraram a área de Waverly Creek onde ficava a casa dos Duffy e depois exibiram a cena do crime. Vários fatos importantes foram confirmados, embora os jurados já os conhecessem. A porta da frente fora encontrada aberta. A porta dos fundos e a porta lateral para o pátio não estavam trancadas. O sistema de alarme não estava ligado.

E novos fatos surgiram. A perícia tinha encontrado em toda a casa as impressões digitais do sr. Duffy, da sra. Duffy e da empregada deles, mas isto era previsível. Não foram encontradas quaisquer outras impressões digitais em maçanetas de porta, janelas, telefones, gavetas, na caixa de joias ou na caixa antiga de mogno onde o sr. Duffy guardava seus caros relógios. Isso significava: (1) que o ladrão/assassino tinha usado luvas ou limpara cuidadosamente quaisquer digitais, ou (2) que o ladrão/assassino era o sr. Duffy ou a empregada. A empregada não estava trabalhando no dia do assassinato – estivera fora da cidade com seu marido.

Quem quer que tivesse levado as joias, armas e relógios também abrira vários outros armários e gavetas e atirara o conteúdo no chão. O detetive Krone, que era bastante enfadonho ao falar, metodicamente examinara foto por foto da bagunça que fora deixada pelo ladrão/assassino.

Pela primeira vez, o julgamento começou a se arrastar. O sr. Mount observou que alguns dos alunos começaram a ficar inquietos. Um par de jurados parecia sonolento.

Exatamente às três da tarde, o juiz Gantry bateu seu martelo e anunciou um intervalo de quinze minutos. A sala de audiência se esvaziou rapidamente. Todo mundo precisava de uma pausa. Theo e seus amigos saíram do tribunal, embarcaram em um pequeno ônibus amarelo e dez minutos depois chegaram à escola, a tempo do encerramento do dia de aula.

Trinta minutos depois de sair, Theo estava de volta ao tribunal. Subiu a escada correndo até o terceiro andar. Não havia qualquer vestígio da guerra dos Finnemore – nenhum advogado no corredor, nenhum sinal de April. Ela não havia lhe telefonado nem respondido aos seus e-mails da noite anterior, também não tinha postado nada em sua página do Facebook. Os pais de April não permitiam que ela tivesse um telefone celular, de modo que não podia enviar mensagens de texto. Aquilo não era muito incomum. Cerca da metade dos alunos do oitavo ano na escola não tinha telefone celular.

Theo seguiu apressado para o segundo andar, entrou na sala de audiência sob o olhar desconfiado do guarda Gossett e encontrou um assento vago na terceira fila, atrás da mesa da defesa. O réu, sr. Duffy, estava sentado a menos de dezoito metros. Dava para Theo ouvir os advogados enquanto eles sussurravam coisas importantes. Omar Cheepe ainda estava lá. Ele reparou que Theo tinha voltado quando se sentou. Como observador experiente, Omar tinha a capacidade de ver todos os movimentos, mas o fazia de maneira casual, como se na verdade não se importasse.

A testemunha era um médico, o legista que havia realizado a autópsia na vítima. Ele estava usando um grande diagrama colorido de um corpo humano, da cintura para cima, com ênfase na área do pescoço. Theo prestou mais atenção em Clifford Nance do que na testemunha. Ele observou o sr. Nance enquanto ouvia atentamente o depoimento e fazia anotações, lançando olhares frequentes para os jurados. Nance parecia não perder nada do que se passava na sala de audiência. Mostrava-se relaxado e confiante, embora pronto para o ataque, se necessário.

O depoimento do médico foi rápido e não revelou nada de novo. Até aquele momento, o sr. Nance parecia se contentar em concordar com a maioria das testemunhas da promotoria. Sua grande atuação viria mais tarde.

O juiz Gantry encerrou os trabalhos do dia pouco depois das cinco da tarde. Antes de dispensar os jurados, mais uma vez os advertiu para não comentarem o caso com ninguém. Depois que eles se retiraram, a sala de audiência se esvaziou. Theo se demorou por lá, observando os advogados reunirem pastas e livros, enquanto rearrumavam suas maletas e conversavam em voz baixa. Houve uma troca de palavras entre os advogados dos dois lados do corredor. Jack Hogan disse alguma coisa para Clifford Nance, e ambos deram gargalhadas. Os advogados assistentes também riram, e alguém disse:

– Que tal irmos tomar um drinque?

Inimigos num momento, velhos amigos no momento seguinte. Theo já tinha visto aquilo antes. Sua mãe tentara lhe explicar que os advogados são pagos para fazerem um trabalho e que para fazê-lo corretamente tinham de deixar seus sentimentos pessoais fora da questão. Os verdadeiros profissionais, dissera, nunca perdiam a calma nem guardavam rancores.

Ike dizia que aquilo era besteira. Ele desprezava a maioria dos advogados da cidade.

Omar Cheepe não estava rindo, e não foi convidado para ir tomar um drinque com o inimigo. Ele e Pete Duffy saíram rapidamente por uma porta lateral.

Capítulo 7

Terça-feira à noite significava que o jantar seria sopa de cozinha pública. Não era a pior refeição da semana. Esta seria no domingo à noite, quando a mãe de Theo tentasse fazer uma galinha assada.

A sopa de cozinha pública era apenas chamada assim. O lugar não era uma cozinha, e o prato servido raramente era sopa. O local era uma grande sala de jantar no porão de uma igreja convertida onde pessoas sem-teto se reuniam para comer e passar a noite. A comida era preparada por voluntários que geralmente ofereciam sanduíches, batatas fritas, frutas e biscoitos.

– Comida de sacola – era como a mãe de Theo chamava. Não era nada saudável.

Theo tinha ouvido dizer que havia cerca de trezentos sem-teto em Strattenburg. Ele via aquelas pessoas na Main Street, onde pediam esmolas e dormiam em bancos. Ele as via revirando caçambas de lixo em busca de comida. A cidade estava alarmada com o grande número delas e com a falta de leitos nos abrigos. A câmara municipal parecia debater aquele problema todas as semanas.

A sra. Boone também andava alarmada. Ficara tão preocupada com as mães sem-teto que havia criado um programa para prestar assistência a vítimas de violência doméstica. Mulheres que tinham sofrido maus-tratos e foram ameaçadas. Mulheres que não tinham onde morar, ninguém a quem recorrer. Mulheres com filhos que precisavam de ajuda e que não sabiam onde encontrar. A sra. Boone, com várias outras advogadas da cidade, criara um pequeno posto de assistência jurídica para ajudar estas mulheres.

E assim, toda terça-feira à noite, a família Boone caminhava alguns quarteirões de seu escritório até o abrigo da Highland Street, onde passava três horas com os menos afortunados. Eles se revezavam servindo o jantar para as cerca de cem pessoas que se reuniam lá, e depois faziam uma refeição ligeira.

Embora ele não devesse saber, Theo ouvira os pais conversando sobre se deveriam aumentar a contribuição mensal que davam ao abrigo de duzentos para trezentos dólares. Seus pais estavam longe de ser ricos. Os amigos de Theo achavam que ele era rico porque os pais eram advogados, mas a verdade era que o trabalho deles não era assim tão lucrativo. Viviam modestamente, economizavam para pagar os estudos de Theo e gostavam de ser generosos com os menos afortunados.

Depois do jantar, o sr. Boone montava um escritório improvisado numa das extremidades do refeitório, e alguns sem-teto seguiam para lá. Ele os ajudava com problemas que geralmente variavam entre terem sido despejados de seus apartamentos ou não receberem assistência médica ou cupons de cesta básica. O sr. Boone com frequência dizia que estes eram seus clientes favoritos. Não podiam pagar, de modo que ele não precisava fazer pressão para receber. Ficavam agradecidos por qualquer coisa que tentasse fazer. E ele sinceramente gostava de conversar com eles.

Devido à natureza mais delicada de seu trabalho, a sra. Boone recebia as clientes em uma saleta no andar de cima. A primeira cliente tinha dois filhos pequenos, estava desempregada, não tinha um tostão e, não fosse o abrigo, não teria onde dormir naquela noite.

A tarefa de Theo era ajudar as crianças com os deveres de casa. O abrigo acolhia várias famílias, que tinham a permissão de ficar ali por até doze meses – este era o limite na Highland Street. Depois de um ano, tinham de sair. A maioria encontrava emprego e um lugar para morar, mas isso levava tempo. Enquanto estavam no abrigo, eram tratadas como os outros residentes de Strattenburg. Recebiam alimentação, roupas e assistência médica. Eram pessoas que estavam empregadas ou procurando emprego. Eram convidadas para os cultos nas igrejas.

E seus filhos frequentavam as escolas locais. À noite, no abrigo, as sessões para fazer os deveres de casa eram organizadas por voluntários de uma igreja. O trabalho de Theo toda terça-feira era dar aulas de inglês para duas crianças do segundo ano, Hector e Rita, e ajudar o irmão deles em álgebra. Eles eram de El Salvador. Seu pai havia desaparecido em circunstâncias misteriosas, deixando-os sem ter onde morar. Foram encontrados pela polícia morando debaixo de uma ponte com a mãe.

Como sempre, Hector e Rita adoraram ver Theo e grudaram nele enquanto comia seu sanduíche. Depois correram pelo corredor para uma sala ampla onde as outras crianças tinham suas aulas.

– Nada de espanhol – Theo repetia. – Só inglês.

O inglês deles era espantoso. Aprendiam diariamente na escola e já estavam ensinando à mãe. Os três se acomodaram em uma mesa no canto, e Theo começou a ler um livro ilustrado, uma história sobre um sapo perdido no mar.

A sra. Boone tinha insistido que Theo começasse a estudar Espanhol no quarto ano, assim que a matéria foi oferecida. Quando as aulas se revelaram fáceis demais, ela contratara uma professora particular que vinha ao escritório duas vezes por semana para dar aulas mais puxadas. Com sua mãe cobrando e madame Monique incentivando-o diariamente, Theo estava aprendendo rápido.

Ele leu uma página, então Rita a releu. Depois foi a vez de Hector. Theo corrigiu os erros deles e seguiu adiante. A sala era barulhenta, às vezes até turbulenta, enquanto cerca de uma dúzia de alunos das mais diversas idades faziam seus deveres.

O casal de gêmeos tinha um irmão mais velho, Julio, aluno do sétimo ano que Theo de vez em quando via no pátio de recreio da escola. Ele era extremamente tímido, a ponto de ser constrangedor. A sra. Boone especulava que o pobre garoto provavelmente ficara marcado pelo trauma de ter perdido o pai em um país estrangeiro sem ninguém a quem recorrer.

Ela sempre tinha uma teoria quando alguém agia de maneira estranha.

Depois que Theo acabou o segundo livro com Hector e Rita, Julio veio se juntar a eles e sentou à mesa.

– O que há de novo? – perguntou Theo.

Julio sorriu e desviou o olhar.

– Vamos ler outro livro – disse Hector.

– Daqui a um minuto.

– Ando tendo dificuldades em álgebra – disse Julio. – Pode ajudar?

– Ele está com a gente agora – disse Rita para o irmão e parecia disposta a brigar.

Theo tirou dois livros de uma prateleira e os colocou diante de Hector e Rita. Então arrumou dois blocos e dois lápis.

– Leiam estes livros – instruiu. – Digam cada palavra à medida que lerem. Quando encontrarem uma palavra que não souberem o que quer dizer, anotem no bloco. Ok?

Eles abriram os livros rapidamente, como se fosse uma competição.

Theo e Julio logo se perderam no mundo da álgebra.

Às dez da noite, os Boone estavam em casa, sentados diante da televisão. Judge dormia no sofá com a cabeça apoiada no colo de Theo. O assassinato Duffy era a única notícia em Strattenburg, e as duas emissoras de televisão da cidade não cobriram nenhum outro assunto naquela noite. Mostraram um vídeo de Pete Duffy entrando no tribunal, cercado por advogados e assistentes e outros homens de ternos escuros e rostos sombrios. Um outro vídeo, este filmado do ar, mostrava a casa dos Duffy no *fairway* do buraco seis em Waverly Creek. Um repórter diante do tribunal fez um rápido relato dos depoimentos prestados até o momento. O juiz Gantry proibira entrevistas, de modo que nenhum advogado, policial ou qualquer outra testemunha podia falar do julgamento ou de suas opiniões.

O juiz Gantry também proibira câmeras na sala de audiência. As equipes de jornalismo ficavam do lado de fora.

Theo não tinha falado de outro assunto, e seus pais concordavam com sua suposição de que Pete Duffy fosse culpado. Contudo, provar isso parecia difícil.

Durante um intervalo para comercial, Theo começou a tossir. Quando isto não atraiu a atenção dos pais, ele tossiu mais um pouco e disse:

– Estou com dor de garganta.

– Você me parece um pouco pálido – observou seu pai. – Deve estar ficando doente.

– Não me sinto muito bem.

– Seus olhos estão vermelhos? – perguntou o pai.

– Acho que sim.

– Dor de cabeça?

– Sim, mas não muito forte.

– Está fungando, o nariz está escorrendo?

– Sim.

– Quando começou? – perguntou sua mãe.

– Você está mesmo doente, meu filho – disse o pai. – Acho melhor não ir à aula amanhã para não passar essa virose para os outros. Mas talvez fosse uma boa ideia ir para o tribunal e assistir ao julgamento Duffy. O que você acha, mamãe?

– Ah, entendi – disse ela. – Um súbito ataque de gripe.

– Provavelmente é apenas mais um daqueles episódios de vinte e quatro horas que parecem acabar miraculosamente quando o horário escolar termina – disse o pai.

– Eu realmente não me sinto bem – disse Theo, apanhado na mentira, mas tentando manter sua história.

– Tome uma aspirina e chupe uma pastilha para a garganta – disse o pai. Woods Boone raramente consultava um médico e era de opinião que a maioria das pessoas gastava dinheiro demais com remédios.

– Você pode tossir de novo para nós, Teddy? – pediu-lhe a mãe.

Como mãe, ela se mostrava ligeiramente mais solidária quando ele se sentia mal. A verdade era que Theo tinha um histórico de fingir doenças, especialmente quando havia algo melhor para fazer do que ir à escola.

O pai dele começou a rir.

– Sim, esta sua tosse foi muito pouco convincente, Theo, mesmo para você.

– Eu poderia estar morrendo – disse Theo, esforçando-se para conter o riso.

– Sim, mas não está – disse o pai. – E se você aparecer no tribunal amanhã, o juiz Gantry vai mandar prendê-lo por matar aula.

– O senhor conhece algum bom advogado? – devolveu Theo. A mãe dele caiu na gargalhada e, afinal, até Woods acabou achando graça.

– Vá para a cama – ordenou ele.

Theo subiu a escada devagar, totalmente derrotado, com Judge seguindo-o. Na cama, abriu o laptop e tentou contato com April. Ficou aliviado quando ela respondeu:

APRILNPARIS: Oi, Theo. Tudo bem?

TBOONE: Tudo Ok. Onde você está?

APRILNPARIS: Em casa, no meu quarto, de porta trancada.

TBOONE: Onde está sua mãe?

APRILNPARIS: Lá embaixo. Não estamos nos falando.

TBOONE: Você conseguiu ir à escola?

APRILNPARIS: Não, o julgamento foi até o meio-dia. Estou tão contente por ter acabado.

TBOONE: Como foi na sua vez de ir ao banco das testemunhas?

APRILNPARIS: Horrível. Eu chorei, Theo. Não conseguia parar de chorar. Eu disse ao juiz que não queria morar nem com minha mãe nem com meu pai. O advogado dela me fez perguntas. O advogado dele me fez perguntas. Foi horrível.

TBOONE: Sinto muito.

APRILNPARIS: Não compreendo por que você quer ser advogado.

TBOONE: Para ajudar pessoas como você, é por isso. Isto é o que bons advogados fazem. Você gostou do juiz?

APRILNPARIS: Eu não gostei de ninguém.

TBOONE: Minha mãe diz que ele é bom. Ele tomou alguma decisão sobre a sua guarda?

APRILNPARIS: Não. Disse que faria isso dentro de alguns dias. Por enquanto, ficarei morando com minha mãe, e o advogado dela acha que vou continuar aqui.

TBOONE: É provável que sim. Você vai à escola amanhã?

APRILNPARIS: Vou, e há uma semana que nem olho para os deveres de casa.
TBOONE: Vejo você amanhã.
APRILNPARIS: Obrigada, Theo.

Uma hora depois, ele ainda estava acordado, com os pensamentos ora indo para April, ora para o julgamento Duffy.

Capítulo 8

Julio estava esperando. Theo deslizou até parar e encostou a bicicleta na trave junto do mastro na frente da escola.

– *Hola*, Julio. *Buenos días.*

– *Hola,* Theo.

Theo passou a corrente ao redor do pneu dianteiro e fechou o cadeado. Aquela corrente ainda o deixava frustrado. Até um ano antes, bicicletas estavam seguras em Strattenburg. Ninguém se dava ao trabalho de usar correntes. Então as bicicletas começaram a desaparecer, e ainda desapareciam, e os pais começaram a insistir em medidas de segurança.

– Obrigado por sua ajuda ontem à noite – disse Julio.

O inglês dele era bom, mais ainda tinha um sotaque carregado. O fato de ele se aproximar de Theo na escola e iniciar uma conversa era um grande avanço. Ou pelo menos assim pensava Theo.

– Tudo bem. Conte comigo sempre que precisar.

Julio olhou ao redor. Alunos que desciam dos ônibus estavam entrando na escola.

– Você conhece as leis, certo, Theo?

– Meus pais são advogados.

– Polícia, tribunais, tudo isso?

Theo deu de ombros. Ele nunca negava que tinha um conhecimento considerável de Direito.

– Eu conheço e compreendo muita coisa – respondeu. – O que há?

– Este grande julgamento, é do sr. Duffy?

– É, ele está sendo julgado por assassinato. E é um grande julgamento.

– Podemos conversar a respeito disso?

– Claro – respondeu Theo. – Posso perguntar por quê?

– Talvez eu saiba de alguma coisa.

Theo examinou os olhos dele. Julio desviou o olhar, como se tivesse feito alguma coisa errada. Um inspetor gritou com alguns alunos para pararem de brincadeiras e tratarem de entrar. Theo e Julio se encaminharam para a porta.

– Eu procuro você na hora do almoço – disse Theo.

– Ótimo. Obrigado.

– Tudo bem.

Como se não bastasse tudo que Theo tinha na cabeça sobre o julgamento Duffy, agora ainda aparecia mais coisa. Muito mais. O que um garoto sem-teto de doze anos, vindo de El Salvador, poderia saber sobre o assassinato de Myra Duffy?

Nada, concluiu Theo, ao se encaminhar para a sala de aula. Disse bom-dia para o sr. Mount enquanto tirava suas coisas da mochila. Não estava nada satisfeito. O julgamento, o maior julgamento da história de Strattenburg, começaria de novo dentro de meia hora e ele não estaria presente. Não existe justiça, concluiu.

Durante o intervalo da manhã, Theo escapuliu para a biblioteca e se escondeu em um cubículo para estudo individual. Tirou o laptop da mochila e começou a trabalhar.

A escrivã de justiça designada para o julgamento Duffy era a srta. Finney. Ela era a melhor da cidade de acordo com o que Theo tinha ouvido no tribunal. Como em todos os julgamentos, a srta. Finney ficava sentada perto da bancada, abaixo do juiz e ao lado do banco das testemunhas. Era o melhor assento da casa, e justamente por isso ficava ali. O trabalho dela era registrar todas as palavras ditas pelo juiz, pelos advogados, pelas testemunhas e, finalmente, pelo júri. Usando sua máquina, o estenótipo, a srta. Finney era capaz de transcrever com facilidade duzentas e cinquenta palavras por minuto.

Nos velhos tempos, de acordo com a sra. Boone, os escrivães usavam taquigrafia, um método de escrita que incluía símbolos, códigos, abreviações e qualquer outra coisa de que precisassem para acompanhar o diálogo. Depois do julgamento, o escrivão passava o texto taquigrafado para uma transcrição datilografada do que fora dito durante o julgamento. Isto podia levar dias, até semanas, e às vezes meses, e era um trabalho árduo.

Mas agora, graças à tecnologia, a transcrição era muito mais fácil. E, melhor ainda, produzia um registro imediato do julgamento. Havia pelo menos quatro computadores na sala de audiência – um na tribuna para o juiz Gantry, um na mesa da defesa, um para o promotor e um para o escrivão. À medida que a srta. Finney capturava cada palavra, o texto era traduzido, formatado e enviado para o sistema de modo que os quatro computadores tivessem o registro da transcrição em tempo real.

Com frequência, em um julgamento, existem discordâncias sobre o que uma testemunha disse ou não disse. Anos atrás, o juiz seria obrigado a pedir um intervalo, enquanto a pobre escrivã revirava seus blocos de anotações, procurava em meio a seus escritos em taquigrafia o ponto relevante e relatava o que tinha escrito. Agora, contudo, o registro era instantâneo e muito mais confiável.

A srta. Finney dividia um escritório no terceiro andar com vários outros escrivães de justiça. O sistema de software deles se chamava Veritas. Theo já o invadira uma vez, quando tinha ficado curioso sobre algo que acontecera no tribunal.

Não era um sistema seguro, porque as informações estavam disponíveis no tribunal. Qualquer um podia entrar lá e assistir ao julgamento. Qualquer um, é claro, que não estivesse confinado pelos rigores da escola secundária. Apesar de Theo não poder estar lá pessoalmente, ele tinha planejado, e muito bem, saber o que estava acontecendo.

Descobriu que não havia perdido muito. A primeira testemunha do segundo dia foi um chefe de segurança que trabalhava no portão principal de Waverly Creek. Havia apenas dois portões, o "da frente" e o "sul". Ambos tinham guaritas que eram controladas por pelo menos um guarda armado e uniformizado vinte e quatro horas por dia. Ambos tinham múltiplas câmeras de vigilância. Usando as fitas de vídeo gravadas, o chefe da segurança declarou em seu depoimento que o sr. Duffy, ou pelo menos o carro do sr. Duffy, tinha saído pelo portão principal às seis e quarenta e oito da manhã no dia do assassinato e voltado às dez e vinte e dois.

Os registros provavam que o carro do sr. Duffy estivera em casa quando sua esposa fora assassinada. Aquilo não significava nada, uma vez que já fora admitido. Ele tinha ido para o trabalho, voltara para casa, estacionara seu carro, entrara no carrinho de golfe e saíra dirigindo, deixando a esposa em casa, ainda viva.

Grande coisa, pensou Theo. Ele checou a hora. Restavam apenas quinze minutos de recreio.

A promotoria estava fazendo um resumo tedioso da descrição de cada veículo que havia entrado em Waverly Creek naquela manhã. Um furgão de bombeiro hidráulico com sua equipe fora fazer um serviço numa casa. Uma equipe de instalação de pisos estivera numa outra. E assim por diante. Parecia, pelo menos para Theo, que a promotoria estava tentando identificar todos os não residentes que tivessem passado pelos portões.

E para provar o quê? Talvez Jack Hogan fosse tentar provar que não havia veículos nem pessoas não autorizadas em Waverly Creek na hora do assassinato. Isso parecia meio exagerado para Theo.

Ele se deu conta de que estava perdendo uma parte maçante do julgamento. Desligou o laptop e correu para a aula.

Julio não estava na cafeteria. Theo comeu apressadamente, então saiu para procurar por ele. Estava morrendo de curiosidade. O tempo que ficara sentado assistindo à aula só aumentava sua vontade de saber o que Julio *talvez* soubesse. Ele perguntou a vários alunos do sétimo ano. Ninguém sabia onde Julio estava.

Theo voltou para a biblioteca, para o mesmo cubículo de estudo, e rapidamente invadiu o software da srta. Finney. O julgamento estava em recesso para o almoço, como Theo havia esperado. Caso contrário, ele teria arranjado alguma desculpa para dar um pulo no centro da cidade durante o intervalo do meio-dia para ver como andavam as coisas.

Como esperava, a promotoria tentara provar que não havia veículos não autorizados em Waverly Creek na hora do assassinato. Portanto, seguindo a teoria de Jack Hogan, o assassino não era alguém que tivesse entrado sem permissão. Qualquer estranho teria sido visto pela segurança rigorosa. O assassino, portanto, tinha de ser alguém que pudesse ir e vir com facilidade, sem atrair a atenção dos guardas. Alguém que morasse lá. Alguém como Pete Duffy.

Esta insinuação da promotoria foi violentamente rechaçada pelo sr. Clifford Nance, que se mantivera calado durante as primeiras horas do julgamento. Durante a inquirição acalorada e por vezes áspera da testemunha da promotoria, o sr. Nance obrigou o chefe da segurança a admitir que havia: (1) cento e cinquenta e quatro residências unifamiliares e oitenta prédios de apartamentos em Waverly Creek; (2) pelo menos quatrocentos e setenta e sete veículos de propriedade de residentes; (3) uma estrada de serviço asfaltada que não era vigiada nem pelos guardas nem pelas câmeras; (4) pelo menos duas estradas de cascalho que davam acesso à área e não constavam do mapa.

O sr. Nance ressaltou que Waverly Creek cobria uma área de cerca de mil e duzentos acres, com muitos riachos, córregos, lagos, bosques, abrigos, ruas, alamedas, casas, prédios, três campos de golfe e que, bem, era "impossível" manter tudo sob vigilância.

O chefe relutantemente concordou.

Mais tarde, ele admitiu que era impossível saber quem estivera presente dentro da área cercada da comunidade na hora do assassinato e quem não estivera.

Theo achou que a inquirição tinha sido brilhante e muito eficaz. Ficou entristecido por tê-la perdido.

– O que você está fazendo? – A voz sobressaltou Theo e o trouxe de volta para o mundo da escola. Era April. Ela conhecia todos os seus esconderijos.

– Dando uma olhada no julgamento.

– Espero nunca mais ver outro julgamento.

Ele fechou o laptop, e eles passaram para uma mesinha perto dos periódicos. Ela queria conversar, e num quase sussurro relatou o pesadelo que fora testemunhar em juízo com um bando de adultos, de cara amarrada, prestando atenção a cada palavra.

A campainha assinalando o fim das aulas tocou às três e meia, e vinte minutos depois Theo se encontrava na sala de audiência. Não estava tão cheia quanto no dia anterior. Por sorte, havia um lugar vago ao lado de Jenny, escrevente do cartório da Vara de Família, seu grande amor. Mas ela deu palmadinhas no joelho dele, como se fosse um cachorrinho simpático. Isto sempre irritava Theo.

O júri estava fora da sala. O juiz Gantry se retirara. Tinha havido algum tipo de intervalo com a suspensão de sessão no julgamento.

– O que está acontecendo? – sussurrou ele.

– Os advogados estão negociando no gabinete do juiz – sussurrou ela em resposta, franzindo o rosto de frustração.

– Você ainda acha que ele é culpado? – perguntou ele, com a voz ainda mais baixa.

– Acho. E você?

– Não sei.

Eles continuaram conversando aos cochichos por mais alguns minutos, até que houve uma agitação lá na frente. O juiz Gantry estava de volta. Os advogados retornavam à sala. Um meirinho foi buscar os jurados.

A testemunha seguinte da promotoria era um banqueiro. Jack Hogan começou com uma série de perguntas sobre empréstimos feitos a Pete Duffy. Falou-se muito sobre finanças, garantias e inadimplemento, e grande parte daquilo ficou além da compreensão de Theo. Enquanto observava os jurados, percebeu que a maioria deles também não estava conseguindo acompanhar. O depoimento rapidamente se tornou maçante e tedioso. Se o testemunho tinha como intuito provar que Peter Duffy estava quebrado e precisava de dinheiro, na opinião de Theo o banqueiro era uma péssima testemunha.

O dia estava sendo ruim para a promotoria, pelo menos em sua opinião. Theo lançou um olhar ao redor da sala de audiência e se deu conta de que o sinistro Omar Cheepe não estava presente. Theo imaginava que estivesse por perto, em algum lugar, espionando ou na escuta.

O banqueiro estava dando cabo da tarefa de botar todo mundo para dormir. Theo lançou um olhar para o balcão acima, que estava vazio, exceto por uma pessoa.

Julio estava lá. Na extremidade mais afastada da primeira fila, curvado para a frente, com a cabeça apoiada nas mãos quase escondida pelo peitoril, era como se soubesse que não deveria estar ali.

Theo voltou-se, olhou para a testemunha e para o júri, e se perguntou por que Julio estaria ali assistindo ao julgamento.

Ele sabia de alguma coisa.

Passados alguns minutos, Theo olhou para cima de novo. Julio não estava mais sozinho. Omar Cheepe estava bem atrás dele, e Julio não sabia que estava sendo observado.

Capítulo 9

O juiz Gantry suspendeu os trabalhos pouco depois das cinco da tarde e chamou os advogados para seu gabinete para o que prometia ser uma reunião tensa. Theo correu para o lado de fora e procurou por Julio, mas não havia sinal dele, nenhuma pista. Alguns minutos depois, estacionou atrás do escritório de seus pais e entrou. Elsa estava arrumando sua mesa, preparando-se para ir embora.

– Teve um bom dia na escola, Theo? – perguntou com o sorriso caloroso habitual enquanto o abraçava.

– Não.

– Por quê?

– Estou entediado com a escola.

– É claro. E a escola fica especialmente tediosa quando há um julgamento, certo?

– Certo.

– Sua mãe está com uma cliente. Pelo que soube, seu pai estava jogando golfe.

– Ele precisa de prática – disse Theo. – Tchau.

– Tchau, querido. Vejo você amanhã. – Elsa saiu pela porta da frente, e Theo a trancou.

Woods Boone mantinha um taco e algumas bolas de golfe perto de sua mesa de trabalho. Ele treinava sobre um velho tapete oriental que tinha muito pouco em comum com um campo de prática para tacadas curtas. Várias vezes por dia, quando "precisava alongar as costas", dava tacadas em algumas bolas. Quando errava, o que era muito frequente, as bolas rolavam para fora do tapete e pelo piso de madeira e faziam um barulho alto, que não era tão alto quanto uma bola de boliche rolando pela cancha, mas mesmo assim era um barulhão. A firma inteira no andar de baixo sabia quando o golfista no andar de cima tinha errado mais uma vez.

– Ei, olá, Theo – disse o sr. Boone. Ele não estava jogando, e sim sentado à sua escrivaninha, com as mangas da camisa arregaçadas, o cachimbo entre os molares direitos e uma montanha de papéis diante dele.

– Oi, pai.

– Teve um bom dia na escola?

– Ótimo. – Se Theo reclamasse, algo que de vez em quando não conseguia deixar de fazer, teria de ouvir o sermão habitual sobre a importância dos estudos e de uma boa formação e assim por diante. – Dei uma passada no tribunal depois da escola.

– Eu imaginei. Alguma coisa interessante?

Conversaram um pouco sobre o julgamento. O pai parecia não ter quase nenhum interesse no assunto, e aquilo deixava Theo perplexo. Como era possível que um advogado não estivesse fascinado por um acontecimento tão importante no sistema judiciário da cidade?

O telefone tocou, e o sr. Boone pediu licença. Theo foi para o andar de baixo para ver quem mais estava na firma. Vince, o assistente, trabalhava a portas fechadas. Dorothy, a assistente de Direito Imobiliário, tinha ido embora. Theo ouviu vozes em tom sério vindo da sala de sua mãe, de modo que seguiu adiante pelo corredor. Com frequência ouvia pessoas chorando lá dentro, mulheres que estavam arrasadas por problemas conjugais e precisavam desesperadamente da ajuda de sua mãe.

Theo não podia deixar de sorrir diante da importância de sua mãe. Não tinha nenhuma vontade de se especializar naquele ramo do Direito, mas sentia muito orgulho dela.

Foi para o seu escritório, passou alguns instantes papeando com Judge e começou a fazer os deveres. Os minutos se arrastaram e começou a escurecer. Judge rosnou ao ouvir um ruído vindo do lado de fora, então alguém bateu à sua porta. Theo se levantou de um salto e foi ver quem era. Julio. Theo abriu a porta.

– Podemos conversar aqui fora? – perguntou Julio indicando com a cabeça que Theo saísse.

– Claro – respondeu ele, saindo e fechando a porta. – O que aconteceu?

– Eu não sei.

– Vi você no tribunal hoje à tarde. Por que estava lá?

Julio deu alguns passos, se afastando do escritório, como se alguém ali pudesse ouvi-lo. Olhou ao redor, aparentando nervosismo.

– Eu preciso confiar em alguém, Theo – disse. – Alguém que conheça as leis e o Direito.

– Você pode confiar em mim – disse Theo, indócil para ouvir o resto de uma história a respeito da qual estivera pensando o dia inteiro.

– Mas, se eu lhe contar uma coisa, você não pode contar a mais ninguém, certo?

– Tudo bem, mas por que você me contaria alguma coisa se eu não puder contar a ninguém? Não compreendo.

– Eu preciso de um conselho. Alguém precisa saber.

– Saber o quê?

Julio enfiou as duas mãos nos bolsos dos jeans. Seus ombros se curvaram. Ele parecia assustado. Theo pensou nele, na sua mãe, no irmão e irmã caçulas. Moravam num abrigo, longe do lar verdadeiro, abandonados pelo pai. Eles provavelmente tinham medo de quase tudo.

– Você pode confiar em mim, Julio – disse Theo.

– Ok. – Julio olhou para os pés, incapaz de encará-lo. – Eu tenho um primo, de El Salvador. Ele está aqui em Strattenburg. É mais velho, tem dezoito ou dezenove anos. Vive por aqui há mais ou menos um ano. Ele trabalha no campo de golfe. Corta a grama, põe água no refrigerador, este tipo de coisa. Você joga golfe?

– Jogo.

– Então já viu aqueles caras que cuidam do campo.

– Já.

Theo jogava com o pai todo sábado de manhã no campo municipal de Strattenburg. Sempre havia alguns funcionários da manutenção – a maioria de origem hispânica, dava-se conta agora que parava para pensar – aqui e ali nos *fairways* e nos gramados cuidando das coisas.

– Qual campo de golfe? – perguntou Theo. Havia pelo menos três na área.

– Naquele lá, onde a senhora foi assassinada.

– Waverly Creek?

– É.

Theo sentiu alguma coisa apertar-se em seu peito, uma espécie de nó, que acabara de se formar.

– Continue – pediu, embora alguma coisa lhe dissesse que deveria deixar de lado aquela conversa imediatamente, correr de volta para o escritório e trancar a porta.

– Sabe, ele estava trabalhando no dia do assassinato. Estava almoçando. A hora de almoço dele começa às onze e meia e vai até meio-dia. Ele sente muita saudade de casa, e na maioria das vezes se afasta dos outros e vai comer sozinho. Tem sempre com ele uma foto da mãe, do pai e dos quatro irmãozinhos, e, enquanto come, olha para a foto. Isto o deixa muito triste, mas também o faz recordar do motivo por que está aqui. Ele manda dinheiro para eles todos os meses. São muito pobres.

– Onde ele vai para comer o almoço? – perguntou Theo, mas já tinha uma ideia.

– Não entendo muito de golfe, sei apenas o que ele me disse. *Fairway* e *dog leg*, você conhece estas palavras?

– Claro.

– Bem, meu primo estava sentado debaixo de umas árvores num *dog leg*, meio que se escondendo porque a hora do almoço é a única ocasião em que pode ficar sozinho, e viu o tal homem num carrinho de golfe seguindo muito depressa pelo caminho ao longo do *fairway*. O homem tinha um saco de tacos de golfe na traseira do carrinho, mas não estava jogando. Estava com pressa. De repente, virou para a esquerda e estacionou o carrinho perto do pátio da casa onde a senhora foi assassinada.

Theo, que estivera prendendo a respiração, exclamou:

– Ai, meu Deus!

Julio olhou para ele.

– Continue – pediu Theo.

– E então o tal homem saltou do carrinho, andou até a porta dos fundos, rapidamente tirou os sapatos de golfe, abriu a porta e entrou. A porta não estava trancada, e o homem se movia muito depressa, como se soubesse exatamente o que estava fazendo. Meu primo não achou que fosse nada demais, porque as pessoas que moram por lá jogam golfe o tempo todo. Mas pareceu meio estranho que o homem tirasse os sapatos no pátio. E ele fez outra coisa que meu primo achou estranha.

– O quê?

– O homem estava com uma luva branca na mão esquerda. Isto é normal, não é?

– É. A maioria dos golfistas destros usa uma luva na mão esquerda.

– Foi o que meu primo disse. Assim, o homem estava jogando golfe em algum lugar e decidiu dar uma passada em casa...

– E ele se esqueceu de tirar a luva – emendou Theo.

– Talvez, mas aqui vem a parte estranha. Depois que o homem tirou os sapatos e os colocou ao lado da porta, ele enfiou a mão no bolso, tirou a outra luva e rapidamente a enfiou na mão direita. Duas luvas brancas.

O nó no peito de Theo agora parecia uma bola de futebol.

– Por que o homem poria duas luvas antes de abrir a porta da casa? – perguntou Julio.

Mas Theo não respondeu. Sua mente estava cravada na imagem do sr. Pete Duffy sentado na sala de audiência, cercado por advogados, com uma expressão satisfeita no rosto, como se tivesse cometido o crime perfeito e não pudesse ser apanhado.

– Qual era o *fairway*? – perguntou Theo.

– O número seis, no Campo Creek, não sei bem o que isso quer dizer.

A casa dos Duffy, disse Theo para si mesmo.

– A que distância estava seu primo?

– Não sei. Eu nunca estive lá. Mas ele estava bem escondido. Quando o homem saiu da casa, olhou em volta, muito desconfiado, para se assegurar de que ninguém o tinha visto. Ele não fazia ideia de que meu primo estivesse espiando.

– Quanto tempo o homem ficou dentro da casa?

– Não muito. Mais uma vez, meu primo não achou nada demais naquilo. Ele acabou de almoçar e estava orando pela família, quando o homem saiu pela mesma porta. Ele andou pelo pátio por um minuto, olhou para um lado e outro do *fairway* e, enquanto fazia isso, tirou ambas as luvas e guardou-as no saco de golfe. Calçou os sapatos, então entrou no carrinho e foi embora.

– E o que aconteceu depois?

– Ao meio-dia, meu primo voltou para o trabalho. Duas horas depois, estava aparando a grama no Nove Norte quando um amigo foi lhe contar que havia muito movimento porque tinha acontecido alguma coisa no Campo Creek, disse que a polícia estava por toda parte, que tinha havido um arrombamento e que uma mulher tinha sido assassinada. Durante toda a tarde, os boatos se espalharam loucamente pelo campo de golfe, e meu primo logo ficou sabendo qual tinha sido a casa. Ele se aventurou a ir até lá num dos carrinhos de serviço e viu a polícia ao redor. Então foi embora depressa.

– Ele contou isso a alguém?

Julio chutou uma pedra e olhou em volta de novo. Agora já estava escuro. Ninguém os estava observando.

– O que estamos conversando continua sendo segredo, certo, Theo?

– É claro.

– Bem, meu primo é imigrante ilegal. Minha mãe tem documentos para nós, mas meu primo não tem nada. Um dia depois do assassinato a polícia apareceu fazendo muitas perguntas. Há dois outros rapazes de El Salvador que trabalham lá e também são ilegais. Então, o patrão disse ao meu primo e aos outros dois para sumirem, para ficarem longe por uns dois dias. E foi isso que eles fizeram. Qualquer contato com a polícia e meu primo seria preso, posto na cadeia e depois mandado de volta para El Salvador.

– Então ele não contou a ninguém?

– Não. Só para mim. Uma noite dessas, ele estava assistindo televisão e houve uma matéria sobre o assassinato. Eles mostraram a casa, e meu primo a reconheceu. Eles mostraram o homem, o sr. Duffy, eu acho, andando por uma calçada. Meu primo disse que tinha certeza de que o homem andava exatamente como o que viu entrar na casa.

– Por que ele contou a você?

– Porque sou primo dele e estou na escola. Meu inglês é bom e tenho documentos. Ele não conhece o sistema judiciário aqui e me fez perguntas a respeito disso. Eu disse a ele que tentaria descobrir algo. É por isso que estou aqui, Theo.

– O que você quer de mim?

– Que você nos diga o que fazer. Ele poderia ser uma testemunha importante, certo?

– Ah, com certeza.

– Então o que meu primo deve fazer?

Fugir de volta para El Salvador, pensou Theo, mas não disse.

– Me dê um minuto – disse, esfregando o maxilar. Subitamente o aparelho nos dentes o estava incomodando. Ele chutou uma pedra e tentou imaginar a tempestade que se desencadearia, se o primo de Julio fosse ao banco das testemunhas.

– Existe algum tipo de recompensa? – perguntou Julio.

– Ele quer dinheiro?

– Todo mundo quer dinheiro.

– Eu não sei, mas poderia ser tarde demais. O julgamento já está quase acabando.

Theo chutou outra pedra e, por um momento, os dois garotos ficaram olhando para os pés.

– Isto é inacreditável – disse Theo. Sentia-se meio zonzo e bastante confuso. Mas seus pensamentos estavam suficientemente claros para saber que aquilo estava além de sua capacidade. Os adultos teriam de decidir a questão.

Não havia jeito de manter aquele segredo.

– E aí? – pressionou Julio. Ele agora estava de olhos cravados em Theo, esperando ouvir palavras de sabedoria.

– Onde seu primo mora?

– Perto da Quarry. Nunca estive lá.

Era o que Theo imaginava. Quarry era uma área turbulenta da cidade onde moravam as pessoas de baixa renda. Strattenburg era uma cidade segura, mas, de vez em quando, havia um tiroteio ou uma apreensão de drogas, e isso sempre parecia acontecer em Quarry.

– Posso falar com o seu primo? – perguntou Theo.

– Não sei, Theo. Ele está muito nervoso com essa história. Está com medo de se meter numa encrenca séria. O trabalho dele é muito importante para a família em El Salvador.

– Eu compreendo. Mas preciso ter certeza dos fatos antes de decidir o que fazer. Com que frequência você vê seu primo?

– Uma ou duas vezes por semana. Ele aparece lá no abrigo para visitar minha mãe. Ele sente muita saudade de casa, e nós somos sua única família aqui.

– Ele tem telefone?

– Não, mas mora com outros rapazes e um deles tem telefone.

Theo andou de um lado para outro no estacionamento de cascalho, mergulhado em seus pensamentos. Então estalou os dedos e disse:

– Ok, o plano é o seguinte. Presumo que você vá precisar de ajuda com o dever de álgebra esta noite.

– Bem, acho que sim.

– Apenas diga que sim.

– Sim.

– Ótimo. Entre em contato com seu primo e diga a ele para dar uma passada lá no abrigo dentro de cerca de uma hora. Irei até lá para ajudar você com o dever de casa, e, por acaso, me encontrarei com o seu primo. Diga a ele que pode confiar em mim e que não revelarei o segredo dele para ninguém, a menos que ele concorde. Entendeu?

– Vou tentar. O que vai acontecer depois que você conversar com ele?

– Não sei. Ainda não pensei nisso.

Julio desapareceu na noite. Theo voltou para seu escritório, onde mantinha uma pasta sobre o caso Duffy. Havia artigos de jornal, uma cópia do resumo de culpa, pesquisas na internet sobre Pete Duffy, Clifford Nance e até sobre Jack Hogan, o promotor.

Todos os advogados mantinham arquivos de informações.

A noite de quarta feira significava um jantar de comida chinesa para viagem do Golden Dragon. Os Boone sempre comiam na saleta enquanto assistiam ao programa de televisão favorito de Theo, as reprises do velho seriado *Perry Mason*.

A sra. Boone ainda estava com a cliente, uma pobre mulher cujo choro podia ser ouvido através da porta fechada. O sr. Boone estava de saída para o Golden Dragon quando Theo explicou que precisava dar um pulo no abrigo e passar alguns minutos com Julio.

– Não demore muito – recomendou o sr. Boone. – Vamos jantar às sete.

– Não vou demorar. – É claro que vamos jantar às sete.

A firma tinha uma biblioteca no andar térreo, perto da entrada. Havia uma mesa comprida no centro com cadeiras estofadas de couro ao redor. As paredes eram cobertas de prateleiras cheias de livros grossos. As reuniões importantes eram realizadas na biblioteca. De vez em quando, grupos de advogados se encontravam lá para tomar um depoimento ou fazer uma negociação. Vince, o assistente, gostava de trabalhar ali. Theo também, quando o escritório estava sem movimento. Ele também gostava de entrar às escondidas na biblioteca no final da tarde, depois que o escritório tinha fechado, depois que os outros tinham ido embora.

Theo e Judge entraram, e ele fechou a porta. Não acendeu as luzes. Sentou-se numa cadeira de couro, apoiou os pés sobre a mesa e ficou olhando fixo para as fileiras de livros semi-iluminadas. Havia milhares deles. Mal conseguia ouvir as vozes distantes da mãe e sua cliente mais abaixo no corredor.

Theo não conhecia nenhum outro garoto cujos pais trabalhassem juntos na mesma profissão. Não conhecia nenhum outro garoto que ficasse em um escritório todos os dias depois da escola. A maioria de seus amigos devia estar agora jogando beisebol, futebol ou nadando, ou talvez fazendo hora em casa, à espera do jantar. E lá estava ele sentado no escuro, numa biblioteca de livros de Direito, ponderando sobre os últimos.

Ele adorava aquele lugar – o aroma intenso do couro usado, de velhos tapetes e de livros de Direito empoeirados. A atmosfera de autoridade.

Como era possível que ele, Theodore Boone, soubesse a verdade sobre o assassinato Duffy? De todas as pessoas em Strattenburg, cerca de setenta e cinco mil, por que ele? O caso criminal mais importante da cidade desde que alguma coisa acontecera nos idos dos anos 1950, e ele, Theo, subitamente se via bem no meio da história.

Ele não tinha ideia do que deveria fazer.

Capítulo 10

Havia alguns homens mal-encarados reunidos ao redor do abrigo da Highland Street quando Theo estacionou a bicicleta. Ele passou entre eles com um educado "Com licença" e um sorriso metálico, e na verdade não tinha medo porque os homens não incomodariam um garoto. O cheiro desagradável de bebida pairava no ar.

– Tem um trocado, garoto? – disse uma voz áspera.

– Não, senhor – respondeu Theo sem reduzir a marcha.

No interior, depois de descer para o porão, Theo encontrou Julio e a família acabando de jantar. A mãe de Julio falava um inglês passável, mas ficou evidente que estava surpresa por ver Theo numa noite de quarta-feira. Theo explicou, no que achava que era um espanhol perfeito, que Julio precisava de uma ajuda adicional com a álgebra. Evidentemente ela não compreendeu o espanhol perfeito porque perguntou a Julio o que Theo estava falando. Então Hector começou a chorar por algum motivo, e ela ficou ocupada com ele.

A cafeteria estava lotada e quente demais, e havia outras crianças chorando. Theo e Julio escaparam para uma pequena sala de reunião no andar de cima, uma saleta que a mãe de Theo às vezes usava para receber as clientes do abrigo.

– Você falou com seu primo? – perguntou Theo depois de fechar a porta.

– Falei. Ele disse que viria, mas eu não sei. Ele está muito nervoso e assustado, Theo. Não se surpreenda se ele não aparecer.

– Ok. Vamos estudar Álgebra.

– Temos que fazer isso?

– Julio, você tem tirado conceito C. Isso não é bom. Deveria estar tirando B.

Depois de dez minutos, os dois ficaram entediados. Theo não conseguia se concentrar porque seus pensamentos estavam no primo de Julio e na bomba em potencial que seu testemunho seria. Julio estava desatento porque detestava Álgebra. O telefone celular de Theo tocou.

– É minha mãe – disse ele e atendeu.

Ela estava saindo do escritório e preocupada com ele. Theo lhe assegurou que estava bem, estudando com Julio e que estaria em casa a tempo do jantar de comida chinesa, mesmo que talvez pudesse ser comida chinesa fria. Que diferença fazia, quente ou fria?

Depois que ele desligou o telefone, Julio disse:

– É muito legal ter um telefone celular.

– Não sou o único garoto na escola que tem celular – respondeu Theo. – E só faz ligações locais, e não de longa distância.

– Mesmo assim é legal.

– E é só um telefone, não um computador.

– Ninguém na minha turma tem um celular.

– É porque você só está no sétimo ano. Espere até o ano que vem. Onde você acha que seu primo está agora?

– Vamos ligar para ele.

Theo hesitou, então pensou: "Por que não?" Não dispunha da noite inteira para passar com o primo. Digitou os números e passou o telefone para Julio, que ouviu por alguns segundos e disse:

– Serviço de mensagens.

Alguém bateu à porta.

O primo de Julio ainda vestia o uniforme de cor cáqui com WAVERLY CREEK GOLF bordado em letras grandes nas costas da camisa e em letras pequeninas no bolso do peito. O boné trazia as mesmas palavras. Ele não era de estatura muito maior que Theo, e com certeza parecia ter menos de dezoito ou dezenove anos. Seus olhos escuros corriam irrequietos para todos os lados, e antes mesmo que se sentasse deu a clara impressão de que estava pronto para ir embora.

Ele se recusou a apertar a mão de Theo, e se recusou a dizer seu nome ou sobrenome. Falou rápido em espanhol com Julio. As palavras soavam tensas.

– Ele quer saber por que deve confiar em você – explicou Julio.

Theo ficou agradecido pela tradução, pois não tinha compreendido quase nada do que fora dito em espanhol.

– Olhe, Julio – respondeu Theo –, que tal fazermos uma rápida recapitulação? Ele procurou você, você veio me procurar, e agora estou aqui. Não comecei este processo. Se ele quiser ir embora, então adeus. Ficarei contente de ir para casa.

Foram palavras duras e soaram pesadas em inglês. Julio as traduziu para o espanhol, e o primo lançou um olhar furioso para Theo, como se tivesse sido insultado.

Theo não queria ir embora. Sabia que deveria ir. Sabia que não deveria se envolver naquilo. Andara repetindo para si mesmo para dar o fora, mas a verdade era que estava adorando estar exatamente na posição onde estava naquele momento.

– Diga a ele que pode confiar em mim e que não contarei a ninguém o que me disser – pediu a Julio.

Julio transmitiu o recado, e o primo pareceu relaxar um pouco.

Era evidente para Theo que o primo estava profundamente aflito e que queria ajuda. Julio seguiu falando rápido em espanhol. Ele estava cobrindo Theo de elogios, que compreendeu parte do que ele dizia.

O primo sorriu.

Theo imprimira um mapa em cores do Google Earth Search do Campo Creek e havia assinalado nele a casa dos Duffy. O primo, ainda sem nome, começou a contar sua história. Ele apontou para um local em meio a algumas árvores num *dog leg* no sexto *fairway*, e falou rapidamente sobre o que tinha visto. Estava sentado em uns caibros de madeira perto do leito de um rio, um pouco para dentro da linha das árvores, comendo seu almoço, cuidando de sua vida, quando vira o homem entrar na casa pela porta dos fundos e sair alguns minutos depois. Julio prestativamente continuou seu trabalho de intérprete, com frequência interrompendo o primo para poder fazer a tradução em inglês para Theo. À medida que ia se acostumando com os padrões de fala do primo, Theo compreendia cada vez mais o que era dito em espanhol.

O primo descreveu o frenesi ao redor do campo de golfe quando a polícia apareceu, e os rumores começaram a se espalhar. De acordo com um de seus amigos, um garoto de Honduras que trabalhava como garçom na churrascaria da sede do clube, o sr. Duffy estava almoçando e tomando um drinque quando recebeu a notícia de que sua esposa havia sido encontrada. Ele fez uma cena. Saiu correndo, entrou em seu carrinho de golfe e seguiu depressa para casa. Este amigo lhe contou que o sr. Duffy vestia um suéter preto, calças de cor bege e um boné de golfe marrom. A combinação era perfeita, dissera o primo. Exatamente a mesma roupa usada pelo homem que ele vira entrar na casa dos Duffy e sair alguns minutos depois.

De sua pasta, Theo tirou quatro fotos de Pete Duffy. Todas as quatro tinham sido encontradas on-line, nos arquivos do jornal diário de Strattenburg. Ele as ampliara para o formato vinte por vinte e cinco centímetros. Espalhou-as sobre a mesa e esperou. O primo não foi capaz de identificar o sr. Duffy. Estimava que estivesse entre sessenta e noventa metros de distância quando almoçava sossegado e vira o homem. Ele era muito parecido com o das fotografias, mas não podia afirmar com certeza que fosse o mesmo. Tinha certeza, contudo, das roupas que o homem vestia.

Uma identificação positiva por parte do primo seria útil, mas não crucial. Seria fácil determinar como o sr. Duffy estivera vestido, e o fato de que uma testemunha tinha visto um homem com roupas idênticas entrar na casa apenas minutos antes do assassinato tornaria certa uma condenação, pelo menos na opinião de Theo.

Enquanto ouvia Julio traduzir para o espanhol, observou atentamente o primo. Não havia dúvida de que estava dizendo a verdade. Por que haveria de não dizer a verdade? Ele não tinha nada a ganhar mentindo e muito a perder! A história dele era crível. E se encaixava perfeitamente na teoria de culpa da promotoria. O problema, contudo, era que a promotoria não tinha ideia de que aquela testemunha existia.

Theo ouvia, e mais uma vez se perguntava o que deveria fazer.

O primo agora estava falando ainda mais depressa, como se a represa finalmente tivesse se rompido, e ele quisesse descarregar tudo. Julio se esforçava cada vez mais para traduzir. Theo digitava febrilmente em seu laptop, fazendo o maior número de anotações possível. Ele interrompia a narrativa, pedia a Julio que repetisse um trecho e então prosseguiam.

Quando Theo afinal não pôde mais pensar em nenhuma pergunta a fazer, lançou um olhar para o relógio e surpreendeu-se ao ver como era tarde. Eram mais de sete horas, e seus pais não ficariam nada satisfeitos quando chegasse atrasado para o jantar. Ele disse que tinha de ir embora. O primo perguntou o que aconteceria a seguir.

– Não tenho certeza – respondeu Theo. – Preciso de algum tempo. Deixe-me pensar nisto até amanhã.

– Mas você prometeu não contar a ninguém – disse Julio.

– Não vou contar, Julio. Não até que nós... nós três... tomemos uma decisão quanto a um plano.

– Se ele ficar com medo, ele vai desaparecer – disse Julio, indicando o primo. – Ele não pode ser apanhado. Compreende?

– É claro que compreendo.

A galinha *chow mein* estava mais fria do que de hábito, mas Theo estava sem apetite para comer. Os Boone jantaram em bandejas na salinha da televisão.

– Por que você não está comendo? – perguntou a mãe, os pauzinhos parados no ar.

– Estou comendo.

– Você parece preocupado – disse o pai. Ele usava garfo e faca.

– É verdade, parece mesmo – concordou a mãe. – Aconteceu alguma coisa no abrigo?

– Não, estava apenas pensando em Julio e sua família, e como deve ser difícil para eles.

– Você é tão bom menino, Teddy.

Se vocês soubessem, pensou Teddy.

Perry Mason, em preto e branco, estava bem no meio de um julgamento e prestes a perder a causa. O juiz estava farto dele. Os jurados pareciam descrentes. O promotor estava cheio de confiança. Subitamente Perry olhou para a massa de espectadores e chamou o nome de uma testemunha-surpresa. A testemunha subiu ao banco e começou a contar uma história muito diferente da que o promotor havia apresentado. A nova história fazia perfeito sentido. A testemunha-surpresa resistiu à inquirição da parte contrária, e o júri votou a favor do cliente de Perry Mason.

Mais um final feliz. Mais uma vitória no tribunal.

– Não funciona assim – disse a sra. Boone. Era um comentário que ela conseguia fazer pelo menos três vezes durante cada episódio. – Não existem testemunhas-surpresa.

Theo viu uma possibilidade.

– Mas e se uma testemunha aparecesse de repente? Uma que fosse de importância crucial para que se descobrisse a verdade? E fosse alguém que ninguém soubesse que existia?

– Se ninguém soubesse de sua existência, como a pessoa iria parar no tribunal? – perguntou o sr. Boone.

– E se a pessoa apenas aparecesse? – retrucou Theo. – E se uma testemunha ocular lesse a respeito do julgamento no jornal ou visse alguma coisa na televisão, e se apresentasse? Ninguém sabia que ela existia. Ninguém sabia que ela havia testemunhado o crime. O que o juiz faria?

Era raro que Theo conseguisse deixar sem resposta, ainda que apenas por um instante, os dois advogados em sua família. Os pais pensaram a respeito da pergunta. Duas coisas se tornaram certas naquele momento. Primeira, que ambos teriam uma opinião. Segunda, que de jeito nenhum eles concordariam.

Sua mãe falou primeiro:

– A promotoria não pode usar uma testemunha que não tenha revelado ao juiz e à defesa. As regras proíbem testemunhas-surpresa.

– Mas – disse o pai, quase interrompendo-a e visivelmente pronto para o debate –, se a promotoria não tem conhecimento da existência de uma testemunha, então a promotoria não pode revelar sua identidade. Um julgamento trata de descobrir a verdade. Negar a uma testemunha ocular a oportunidade de testemunhar é o mesmo que esconder a verdade.

– Mas as regras têm de ser respeitadas.

– Mas as regras podem ser modificadas pelo juiz quando é necessário.

– Uma condenação não seria mantida na apelação.

– Não tenho certeza disso.

Dizendo isso e aquilo, retrucando isso e aquilo, eles prosseguiram. Theo ficou calado. Pensou em recordar a seus pais que nenhum dos dois era especialista em Direito Criminal, mas um comentário assim provavelmente faria com que ambos se voltassem contra ele. Discussões daquele tipo eram comuns na casa dos Boone, e Theo aprendera muita coisa sobre Direito durante o jantar, em conversas na varanda, até sentado no banco de trás do carro.

Por exemplo, tinha aprendido que os pais, na qualidade de advogados, se consideravam funcionários do tribunal. Como tal, tinham o dever de ajudar na administração da justiça. Se outros advogados violassem a ética, ou se a polícia não respeitasse as regras, ou se um juiz não agisse corretamente, seus pais deveriam tomar as medidas apropriadas. Muitos advogados ignoravam esta responsabilidade, diziam seus pais, mas não eles.

Theo estava temeroso de lhes contar sobre o primo de Julio. O senso de dever provavelmente os obrigaria a ir direto falar com o juiz Gantry. O primo seria capturado pela polícia, obrigado a testemunhar, depois seria detido como imigrante ilegal. Eles o poriam na cadeia, depois em algum tipo de centro de detenção, onde, de acordo com o sr. Mount, ele poderia passar meses à espera de ser deportado para El Salvador.

A credibilidade de Theo ficaria arruinada. Uma família sofreria graves prejuízos.

Mas um homem culpado seria condenado. Caso contrário, Peter Duffy provavelmente sairia do tribunal inocentado. Escaparia impune de um assassinato.

Theo se obrigou a engolir mais um pouco de galinha fria.

Sabia que iria dormir pouco.

Capítulo 11

Os pesadelos pararam pouco antes do nascer do sol, e Theo desistiu da ideia de tentar conseguir algum repouso de verdade. Ficou olhando fixamente para o teto do quarto por muito tempo, esperando pelos ruídos que indicariam que os pais tinham se levantado e começado a andar pela casa. Ele disse bom-dia a Judge, que dormia debaixo de sua cama.

Muitas vezes ao longo da noite, se convencera de que não tinha outra escolha senão sentar com eles bem cedo naquela manhã e contar a história do primo de Julio. E muitas vezes mudara de ideia quanto a isso. Quando, afinal, se levantou, concluiu que não poderia se forçar a violar a promessa que fizera a Julio e ao primo dele. Não podia contar a ninguém. Se um homem culpado iria escapar impune, isso não era problema dele.

Ou será que era?

Theo fez o barulho habitual enquanto cumpria seu ritual da manhã – banho de chuveiro, escovar os dentes, colocar o aparelho, a tortura diária de decidir o que vestir. Como sempre, pensou em Elsa e seu hábito irritante de rapidamente lhe examinar a camisa, a calça e os sapatos para se assegurar de que estavam combinando e que não tinham sido usados nos últimos três dias.

Ele ouviu o pai sair alguns minutos antes das sete. Ouviu a mãe na saleta, assistindo a um programa de televisão matinal. Às sete e meia em ponto, Theo fechou a porta do banheiro, abriu o celular e ligou para o tio Ike.

Ike não era homem de acordar cedo. Sua triste carreira de cuidar de impostos e declarações de renda não exigia muito de seu tempo, e ele não começava o dia com grandes demonstrações de entusiasmo. Seu trabalho era maçante, algo que já havia comentado com Theo em muitas ocasiões. E havia outro problema. Ike bebia demais, e este hábito infeliz o tornava lento de manhã. Ao longo dos anos, Theo tinha ouvido os adultos comentarem em segredo sobre o hábito de beber de Ike. Elsa certa vez fizera uma pergunta a Vince relacionada a Ike, e Vince respondera com aspereza: "Talvez se ele estiver sóbrio." Theo não deveria ter ouvido aquilo, mas ele ouvia muito mais do que era dito no escritório do que as pessoas sabiam.

A chamada finalmente foi atendida, com uma pergunta roufenha e rude:

– É Theo?

– Sim, Ike, bom-dia. Desculpe incomodar tão cedo – Theo estava falando o mais baixo possível.

– Não tem problema, Theo. Presumo que você esteja com alguma dificuldade.

– Estou. Podemos conversar esta manhã, cedinho? Em seu escritório? Apareceu uma coisa realmente importante e não sei se devo discutir o assunto com meus pais.

– Bem, é claro. A que horas?

– Pode ser pouco depois das oito. Minhas aulas começam às oito e meia. Se eu sair cedo demais, mamãe vai ficar desconfiada.

– Claro. Pode vir.

– Obrigado, Ike.

Theo tomou o café apressadamente, beijou a mãe e, às oito em ponto, descia correndo a Mallard Lane de bicicleta.

Ike estava sentado à sua escrivaninha com um copo grande de café fumegante e uma enorme trança de pão doce de canela com pelo menos dois centímetros de glacê. Tinha cara de estar uma delícia, mas Theo acabara de comer seus cereais. Além disso, estava sem apetite.

– Você está bem? – perguntou Ike enquanto Theo se sentava, bem na beirinha da cadeira.

– Acho que sim. Preciso falar com alguém sobre uma questão confidencial, alguém em quem eu possa confiar, alguém que conheça o Direito e as leis.

– Você matou alguém? Assaltou um banco?

– Não.

– Você me parece muito nervoso – disse Ike enquanto cortava um pedaço enorme da trança e enfiava na boca.

– É o caso Duffy, Ike. Talvez eu saiba alguma coisa a respeito de o sr. Duffy ser culpado ou inocente.

Ike continuou mastigando enquanto se inclinava para a frente, apoiando-se nos cotovelos. As rugas ao redor dos olhos se contraíram ao olhar firme para Theo.

– Prossiga.

– Existe uma testemunha, um cara de que ninguém ouviu falar, que viu uma coisa na hora do assassinato.

– E você sabe quem é?

– Sei, e prometi não contar nada.

– Como você encontrou este sujeito?

– Através de um garoto na escola. Não posso lhe contar mais nada, Ike. Eu prometi que não contaria.

Ike engoliu com dificuldade, então pegou o copo e tomou um grande gole de café. Seus olhos estavam cravados em Theo. Na verdade, não estava muito surpreso. Seu sobrinho conhecia mais advogados, escrivães, escreventes, juízes e policiais do que qualquer pessoa na cidade.

– E seja lá o que for que esta testemunha desconhecida viu teria um grande impacto sobre o julgamento, certo? – perguntou Ike.

– Certo.

– Esta testemunha falou com a polícia, advogados ou alguém envolvido no caso?

– Não.

– E esta testemunha não está disposta a se apresentar.

– Exato.

– Esta testemunha está com medo de alguma coisa?

– Está.

– O depoimento desta testemunha ajudaria a condenar o sr. Duffy ou ajudaria a absolvê-lo?

– A condenar, sem dúvida.

– Você conversou com esta testemunha?

– Conversei.

– E acredita nela?

– Acredito. Ele está dizendo a verdade.

Mais um grande gole de café. Um estalar de lábios. Os olhos de Ike pareciam a ponto de perfurar os de Theo.

Ike prosseguiu:

– Hoje é quinta-feira, o terceiro dia do julgamento. Pelo que andei ouvindo, o juiz Gantry está decidido a encerrar tudo esta semana, mesmo que isto signifique ter audiência no sábado. De modo que o julgamento provavelmente está quase terminado.

Theo assentiu. O tio enfiou na boca outro grande pedaço de pão e mastigou devagar. Um minuto se passou.

Ike finalmente engoliu e disse:

– De modo que a questão é, obviamente, o que se pode ou se deve fazer com relação a esta testemunha a esta altura do julgamento?

– Isso mesmo – respondeu Theo.

– Bem, e pelo que soube, o sr. Jack Hogan precisa de algumas surpresas. A promotoria começou com um caso fraco, que agora está mais fraco ainda.

– Pensei que você não estivesse acompanhando o julgamento.

– Eu tenho amigos, Theo. Fontes.

Ike se levantou de um salto e seguiu até o lado mais distante do aposento onde ficavam algumas velhas estantes cheias de livros de Direito. Passou o dedo na lombada de vários, então pegou um deles e começou a folheá-lo. Voltou para a mesa, sentou-se, colocou o livro diante de si e continuou em busca do que procurava. Finalmente, depois de um longo silêncio, disse:

– Aqui está. De acordo com as regras de processo penal, um juiz, em um julgamento de processo criminal, tem competência para encerrar um julgamento antecipadamente por nulidade insanável, se ele for de opinião que houve um defeito jurídico insanável. Há alguns exemplos: se um jurado for contatado por alguém que tem interesse no resultado; se uma testemunha importante ficar doente ou não puder testemunhar por algum motivo; se provas essenciais desaparecerem. Coisas deste tipo.

– Diz algo sobre testemunhas-surpresa? – perguntou Theo.

– Não especificamente, mas é uma regra bastante ampla que permite ao juiz fazer o que ele achar que é correto. Pode-se defender a tese de que a ausência de uma testemunha importante é base para encerrar o julgamento.

– O que acontece depois disso?

– As acusações não são retiradas. Marca-se outro julgamento.

– Quando?

– Cabe ao juiz decidir, mas, neste caso, desconfio que Gantry não esperaria muito. Uns dois meses. O tempo suficiente para esta testemunha secreta se acertar.

Os pensamentos de Theo moviam-se com tal velocidade que ele não conseguia decidir o que dizer a seguir.

– Portanto, Theo – continuou Ike –, a questão é como você vai convencer o juiz Gantry a declarar o julgamento antecipadamente encerrado, antes que o caso vá ao júri? Antes que o júri declare o sr. Duffy inocente, quando na verdade ele é culpado?

– Eu não sei. É neste ponto que você entra, Ike. Preciso de sua ajuda.

Ike empurrou o livro para o lado e cortou mais um pedaço de pão. Mastigou enquanto refletia.

– Olhe, vamos fazer o seguinte – disse ainda mastigando. – Você vai para a escola. Eu irei até o tribunal para dar uma olhada. Vou pesquisar um pouco mais, talvez consulte um ou dois amigos. Não mencionarei seu nome. Pode acreditar em mim, Theo, eu sempre protegerei você. Pode me ligar durante o almoço?

– Claro.

– Então vá.

Quando Theo estava na porta, Ike perguntou:

– Por que não contou aos seus pais?

– Você acha que eu deveria?

– Ainda não. Talvez mais tarde.

– Eles são éticos demais, Ike. Você sabe disso. São funcionários da corte e poderiam me obrigar a revelar o que sei. É complicado.

– Theo, isso tudo é complicado demais para um garoto de treze anos.

– Também acho.

– Ligue para mim na hora do almoço.

– Pode deixar. E obrigado, Ike.

Durante o recreio, enquanto Theo ia saindo para procurar April, alguém chamou seu nome da outra ponta do corredor. Era Sandy Coe, correndo para alcançá-lo.

– Theo – disse. – Você tem um minuto?

– Ah, claro.

– Olhe, eu só queria lhe dizer que meus pais foram ver o advogado que você recomendou, o tal Mozingo, e ele prometeu que não vamos perder a casa.

– Que ótimo, Sandy.

– Ele disse que eles terão que fazer a declaração de insolvência civil... todo aquele negócio que você me explicou... mas que no final poderão ficar com a casa. – Sandy enfiou a mão no bolso, tirou um pequeno envelope e o entregou a Theo. – Isto é de minha mãe. Contei a ela a respeito de você e creio que isto é um bilhete de agradecimento.

Theo o aceitou com relutância.

– Não precisava, Sandy. Não fiz nada.

– Nada? Vamos conseguir salvar nossa casa.

E com estas palavras Theo reparou nos olhos marejados de Sandy. Ele estava à beira das lágrimas. Theo lhe deu um forte aperto de mãos e disse:

– Foi um prazer, Sandy. E se eu puder ajudar de novo, é só me dizer.

– Obrigado, Theo.

Durante a aula de Governo dos Estados Unidos, o sr. Mount pediu a Theo que fizesse uma atualização do julgamento do sr. Duffy. Theo explicou que a promotoria estava tentando provar que o sr. e a sra. Duffy tinham andado passando por dificuldades no casamento e que quase tinham pedido o divórcio dois anos antes. Vários dos amigos deles foram chamados para testemunhar, mas tinham ficado constrangidos – na opinião de Theo – com o duro questionamento do sr. Clifford Nance.

Por um segundo, Theo pensou em abrir o laptop e ler o diálogo que ocorrera no tribunal e acabara de ser divulgado, mas então pensou melhor. Não estava cometendo nenhum crime ao invadir o site da escrivã do tribunal, mas sem dúvida não era correto fazer aquilo.

Assim que a aula acabou e os garotos seguiram para a lanchonete, Theo entrou num banheiro e ligou para Ike. Eram quase meio-dia e meia.

– Ele vai ser absolvido – disse Ike quando atendeu o telefone. – Não existe nenhuma possibilidade de Hogan conseguir uma condenação.

– A quanto tempo assistiu? – perguntou Theo, escondido em um cubículo.

– A manhã inteira. Clifford Nance é bom, e Hogan se perdeu. Observei os jurados. Eles não gostam de Peter Duffy, mas não existem provas. Ele vai ser absolvido.

– Mas ele é culpado, Ike.

– Acredito no que você diz, Theo. Mas não tenho conhecimento das coisas que você tem. Ninguém tem.

– O que vamos fazer?

– Ainda estou trabalhando nisso. Passe aqui depois da escola.

– Tudo bem.

Capítulo 12

A garota mais admirada do oitavo ano era uma morena de cabelos cacheados chamada Hallie. Era muito bonita, simpática e adorava flertar. Era a chefe das garotas da torcida, mas também sabia jogar. Nenhum dos garotos a desafiaria para uma partida de tênis e certa ocasião ela vencera Brian na competição de cem metros de nado livre e na de cinquenta metros de nado de peito. Uma vez que os interesses dela se concentravam em atletismo, Theo estava em sua lista B. Ou talvez até C.

No entanto, como Hallie tinha um cachorrinho temperamental, Theo iria subir em seu conceito.

O cachorro era um schnauzer que com frequência ficava irritado quando era deixado sozinho em casa durante o dia. De alguma forma, o cãozinho escapara por uma porta nos fundos, cavara um buraco debaixo da cerca do quintal e fora apanhado pelo Serviço de Recolhimento de Animais Abandonados a oitocentos metros de casa. Theo ouviu esta história quando estava acabando de almoçar. Hallie e duas amigas vieram correndo até a mesa onde ele estava, e a história foi relatada. Hallie estava aflitíssima, em prantos, e Theo não pôde deixar de reparar em como era bonita, mesmo quando estava chorando. Foi um grande momento para Theo.

– Isto já aconteceu antes? – perguntou.

Ela enxugou as faces e respondeu:

– Já. Rocky foi recolhido há alguns meses.

– Eles vão matá-lo com gás? – perguntou Edward.

Edward fazia parte do grupo que tinha se reunido ao redor de Theo, Hallie e suas amigas. Hallie geralmente atraía um bando de garotos. A ideia de seu cãozinho ser sacrificado a fez chorar mais ainda.

– Cale a boca – Theo repreendeu Edward, que era sempre um trapalhão meio imbecil. – Não, não vão matá-lo.

– Meu pai está fora da cidade – disse Hallie –, e minha mãe vai atender pacientes até o final da tarde. Não sei o que fazer.

Theo afastou o prato para o lado e abriu o laptop.

– Fique calma, Hallie. Eu já fiz isso antes. – Digitou, enquanto o grupo se aproximava, reunindo-se ao seu redor. – Presumo que seu cão seja registrado.

Strattenburg tinha um regulamento que exigia que todos os cães fossem registrados. Animais abandonados eram recolhidos e mantidos no canil municipal por trinta dias. Se ninguém adotasse o cão depois desse período, ele era sacrificado. Ou "morto com gás", como Edward havia descrito cruelmente. Mas eles, na verdade, não usavam gás.

A família de Hallie era mais abastada que a maioria. O pai dela era dono de uma empresa, e sua mãe era uma médica bem-sucedida. Era claro que o cãozinho deles estava devidamente registrado.

– Sim – disse ela. – Registrado em nome de meu pai.

– E qual é o nome dele? – perguntou Theo digitando.

– Walter Kershaw.

Theo digitou isso. O choro havia parado.

– Ok – disse Theo, enquanto escrevia e examinava a tela. – Estou checando o Registro de Animais Recolhidos. – Mais algumas teclas. – E aqui está. Rocky foi levado para o abrigo às nove e meia da manhã de hoje. Ele é acusado de ter violado a lei da coleira, sua segunda violação neste ano. A multa será de vinte dólares, mais oito de custos. Uma terceira ofensa lhe dará uma pena de dez dias no abrigo e uma multa de cem dólares.

– Quando posso ir buscá-lo?

– As audiências para casos que envolvem animais são realizadas de quatro às seis, quatro dias por semana, não há trabalhos nas segundas-feiras. Você pode ir ao tribunal hoje à tarde?

– Acho que sim, mas não vou precisar da presença de meus pais?

– Não. Eu estarei lá. Já fiz isso antes.

– Ela não precisa de um advogado de verdade? – perguntou Edward.

– Não para o Tribunal de Animais. Até um bobalhão como você poderia fazer isso.

– E quanto ao dinheiro? – perguntou Hallie.

– Eu não posso cobrar. Ainda não tenho licença.

– Não você, Theo. O dinheiro para a multa.

– Ah, aquilo. Bem o plano é o seguinte. Vou dar entrada em uma notificação de recuperação. Isto significa que basicamente Rocky está admitindo a culpa de uma violação da lei da coleira, que é uma ofensa leve, e que você, como uma das donas, pagará uma multa e o retirará do abrigo. Depois da escola, você vai até o hospital, fala com sua mãe, pega o dinheiro e eu me encontro com você no tribunal às quatro horas.

– Obrigada, Theo. Rocky vai estar lá?

– Não. Rocky fica no abrigo. Você e sua mãe podem apanhá-lo mais tarde.

– Por que não posso tê-lo de volta no tribunal? – perguntou ela.

Theo com frequência ficava pasmo com as perguntas ridículas que seus amigos faziam. O juizado que cuidava de casos envolvendo animais era um dos tribunais menos importantes. Seu apelido era *Kitty Court* – "Corte dos Gatinhos" – e era tratado como um filho adotivo indesejado pelo sistema judiciário. O juiz era um advogado que tinha sido demitido de todas as firmas da cidade. Usava jeans e botas de combate, e era humilhado por ter uma posição tão baixa. As regras permitiam que qualquer pessoa que tivesse um animal em dificuldade se apresentasse diante do juiz sem um advogado e que cuidasse de seu próprio caso. A maioria dos advogados evitava a *Kitty Court* porque a considerava muito abaixo de sua dignidade. Sua sala de audiência ficava no porão do prédio do tribunal de justiça, bem longe das varas mais importantes.

Será que Hallie realmente acreditava que os funcionários do tribunal traziam um bando de cachorros e gatos, acorrentados e amordaçados, todas as tardes para serem processados e devolvidos a seus donos? Réus de casos criminais eram trazidos da cadeia e mantidos na cela enquanto esperavam por sua vez de se apresentar diante de um juiz. Mas cães e gatos não.

Uma resposta irônica quase escapou dos lábios de Theo, mas, em vez disso, ele sorriu para Hallie, ainda mais bonita agora, e disse:

– Lamento, Hallie, mas não funciona assim. Você terá Rocky de volta em casa hoje à noite, são e salvo.

– Obrigada, Theo. Você é demais.

Em um dia normal, aquelas palavras teriam ficado dando voltas na cabeça de Theo durante horas, mas aquele não era um dia normal. Ele estava preocupado com o julgamento de Peter Duffy. Ike estava na sala de audiência, e Theo lhe enviou mensagens de texto durante a tarde.

Theo escreveu: > Vc está aí? Por favor dê notícias.

Ike respondeu: >> Estou no balcão. Muita gente. Promotor encerrou às 2. Bom trabalho levantar dúvida a questão divórcio e velhos parceiros de golfe.

> Provas suficientes?

>> De jeito nenhum. O homem vai se safar. A menos...

> Vc tem um plano?

>> Ainda pensando. Vc vem ao tribunal?

> Talvez. Que acontece?

>> Primeira testemunha da defesa. Sócio de negócios de Duffy. Chato.

> Tenho que ir. Química. Até +.

>> Quero um A em Química. OK?

> Sem problema.

Embora o Juizado de Animais fosse pouco respeitado entre os advogados de Strattenburg, nunca era maçante. O caso em julgamento envolvia uma jiboia chamada Herman, e evidentemente Herman tinha talento para fugir. Suas aventuras não teriam sido problema, caso seu dono morasse no condado, fora da cidade, em um ambiente mais rural. Contudo, o dono, um sujeito com pinta de punk, parecendo ter trinta anos e com tatuagens até o pescoço, morava em um prédio repleto de gente em um dos bairros pobres da cidade. Um vizinho ficara horrorizado ao encontrar Herman estendido em sua cozinha certa manhã, bem cedo, quando estava pronto para preparar uma tigela de cereais.

O vizinho estava furioso. O dono de Herman estava indignado. A situação era tensa. Theo e Hallie sentaram nas cadeiras dobráveis. Eram os únicos espectadores na minúscula sala de audiência. A biblioteca na Boone & Boone era maior e muito mais bonita.

Herman estava em exibição. Encontrava-se dentro de uma grande gaiola, posicionada em um canto da bancada, não muito longe do juiz Yeck, que o olhava cautelosamente. O único outro funcionário no tribunal era uma escrivã idosa que trabalhava lá havia anos e era conhecida como a velha mais resmungona e mal-humorada do prédio. Ela não queria saber de Herman. Tinha recuado para o canto mais distante da sala e ainda parecia assustada.

– O que acharia disso, senhor juiz? – perguntou o vizinho. – Morar no mesmo prédio que esta criatura, sem nunca saber quando iria aparecer rastejando na sua cama, enquanto o senhor estivesse dormindo?

– Ele é inofensivo – disse o dono. – Ele não morde.

– Inofensivo? E que tal um ataque cardíaco? Não está certo, senhor juiz. O senhor tem de nos proteger.

– Ele não parece inofensivo – disse o juiz Yeck, e todo mundo olhou para Herman, enroscado ao redor de um falso galho de árvore, dentro da gaiola, imóvel, aparentemente dormindo, nem um pouco impressionado com a gravidade da situação. – Ele não é um bocado grande para uma jiboia-vermelha? – perguntou o juiz Yeck, como se já tivesse visto muitas jiboias.

– Dois metros e vinte, até onde sei – disse o dono orgulhosamente. – É bastante comprido.

– O senhor tem outras cobras em seu apartamento? – perguntou o juiz.

– Várias.

– Quantas?

– Quatro.

– Ai, meu Deus – disse o vizinho. Ele parecia a ponto de desmaiar.

– Todas são jiboias? – perguntou o juiz.

– Três jiboias e uma serpente King Snake.

– Poderia lhe perguntar por quê?

O dono jogou o peso do corpo num pé, depois no outro, deu de ombros e disse:

– Tem gente que gosta de periquitos, outros de gerbilos. Cães, gatos, cavalos, cabras. Eu gosto de cobras. São bons animais de estimação.

– Bons animais de estimação – sibilou o vizinho.

– Esta é a primeira vez que alguma escapou? – perguntou o juiz Yeck.

– É – respondeu o dono.

– Não – contestou o vizinho.

– Bem, isto esclarece as coisas.

Por mais fascinante que fosse o caso, Theo estava encontrando dificuldade de se concentrar em Herman e seus problemas. Duas coisas desviavam sua atenção. A mais óbvia era o fato de que Hallie estava sentada muito perto dele – seus joelhos estavam se tocando –, e isto tornava aquele momento um dos melhores da sua vida. Mas mesmo isso era obscurecido pela questão mais séria, do que fazer com relação ao primo de Julio.

O julgamento do assassinato avançava rapidamente. Os advogados e as testemunhas logo terminariam.

O juiz Gantry passaria o caso para o júri. O relógio seguia sua marcha.

– O senhor tem que nos proteger, senhor juiz – disse o vizinho mais uma vez.

– O que o senhor quer que eu faça? – perguntou o juiz Yeck. Sua paciência estava se esgotando.

– Não pode mandar que seja eliminada?

– O senhor quer a pena de morte para Herman?

– Por que não? Há crianças em nosso prédio.

– Parece-me uma penalidade muito dura – disse o juiz Yeck. Era evidente que ele não iria mandar matar Herman.

– Ora, vamos – disse o dono, angustiado. – Ele nunca fez mal a ninguém.

– O senhor pode assegurar que as cobras ficarão em seu apartamento? – perguntou o juiz.

– Sim. O senhor tem a minha palavra.

– Então, vamos fazer o seguinte – disse o juiz Yeck. – Leve Herman para casa. Não quero vê-lo nunca mais. Não temos lugar para ele no abrigo de animais. Não o queremos lá. Ninguém no abrigo gosta de Herman. O senhor compreende isto?

– Acho que sim – disse o dono.

– Se Herman escapar de novo, ou se suas cobras forem apanhadas fora de seu apartamento, não terei outra escolha senão mandar sacrificá-las. Todas elas. Está bem claro?

– Sim, Excelência. Eu prometo.

– Eu comprei um machado – disse o vizinho em tom furioso. – Um machado de cabo longo. Custou doze dólares na Home Depot. Se eu vir esta cobra ou qualquer outra dentro de meu apartamento, o senhor não precisará se envolver, Excelência.

– Acalme-se.

– Juro que mato. Deveria ter matado desta vez, mas não estava raciocinando. E não tinha um machado.

– Agora basta – declarou o juiz Yeck. – Caso encerrado.

O dono avançou apressado, agarrou a gaiola pesada e a retirou do balcão. Herman nem se incomodou. Não demonstrava nenhum interesse no debate sobre sua morte. O vizinho saiu pisando duro da sala de audiência. O dono e Herman se demoraram um pouco, depois também foram embora.

Depois que as portas foram fechadas, o meirinho voltou e tornou a sentar-se perto do juiz. Ele examinou alguns documentos, então levantou o olhar para Theo e Hallie. Não havia mais ninguém na sala de audiência.

– Ora, olá, sr. Boone.

– Boa-tarde, senhor juiz – respondeu Theo.

– O senhor tem alguma questão a tratar com este tribunal?

– Sim, senhor. Preciso recuperar um cachorro.

O juiz pegou uma folha de papel.

– Rocky? – perguntou.

– Sim, Excelência.

– Muito bem. Podem se aproximar.

Theo e Hallie passaram pelo pequeno portão e foram até a única mesa. Theo mostrou a ela onde sentar. Ele se manteve de pé, como um advogado de verdade.

– Prossiga – disse o juiz Yeck, visivelmente se divertindo com a ocasião e se dando conta de que o jovem Theo Boone se esforçava muito para impressionar sua bela cliente. O juiz sorriu enquanto se recordava da primeira vez que Theo aparecera em seu tribunal. Um garoto muitíssimo assustado enquanto trabalhava freneticamente para salvar um vira-lata fujão, que levara para casa e batizara de Judge.

– Bem, Excelência – começou Theo em tom formal. – Rocky é um schnauzer miniatura, registrado em nome do sr. Walter Kershaw, que se encontra fora da cidade, em viagem de negócios. A esposa dele, dra. Phyllis Kershaw, é pediatra e não pôde comparecer. Minha cliente é a filha deles, Hallie, que está no oitavo ano e é minha colega de turma na escola. – Theo deu um pequeno aceno na direção de Hallie, que estava apavorada, mas também confiante de que Theo sabia o que estava fazendo.

O juiz Yeck sorriu para Hallie. Então disse:

– Pelo que vejo, esta é a segunda ofensa.

– Sim, senhor – disse Theo. – A primeira ocorreu há quatro meses, e o sr. Kershaw cuidou do assunto no abrigo animal.

– E Rocky está sob custódia?

– Sim, senhor.

– Você não pode negar o fato de que ele estava solto, não é?

– Não, Excelência, mas peço a este tribunal que se abstenha de aplicar a multa e os custos de estadia.

– Com que fundamento?

– Excelência, os donos tomaram todas as medidas razoáveis para impedir o cão de fugir. Como sempre, Rocky foi deixado em lugar seguro. A casa estava trancada. O alarme estava ligado. Os portões da cerca dos fundos estavam fechados. Eles fizeram tudo que era possível para impedir que isto acontecesse. Rocky é genioso e com frequência fica irritado quando é deixado sozinho. Ele gosta de fugir quando sai da casa. Os donos sabem disso. Não estavam sendo descuidados.

O juiz tirou os óculos de leitura e mordiscou a haste enquanto refletia sobre o assunto.

– Isto é verdade, Hallie?

– Ah, é verdade sim, Excelência. Ficamos muito preocupados com a possibilidade de Rocky sair.

– Este é um cão muito inteligente, Excelência – disse Theo. – Ele de alguma maneira conseguiu arrombar uma portinha na lavanderia e escapou para o quintal, onde cavou um buraco sob a cerca.

– Suponhamos que ele faça isto de novo.

– Os donos pretendem reforçar a segurança.

– Muito bem. Não vou aplicar a multa e a taxa. Mas se Rocky for apanhado de novo, dobrarei as multas e taxas. Entendido?

– Sim, Excelência.

– Caso encerrado.

Enquanto seguiam pelo corredor no primeiro andar, a caminho da entrada principal, Hallie enfiou a mão ao redor do cotovelo de Theo. Ficaram de braços dados. Instintivamente ele reduziu um pouco o passo. Que grande momento.

– Você é um ótimo advogado, Theo – disse ela.

– Não de verdade. Ainda não.

– Por que não me telefona de vez em quando? – perguntou ela.

Por quê? Essa era uma boa pergunta. Provavelmente porque ele presumia que ela estivesse ocupada demais falando com todos os outros garotos. Ela trocava de namorado a cada mês. Theo nunca sequer pensara em ligar para ela.

– Vou fazer isso – respondeu. Mas sabia que não ligaria. Não estava exatamente querendo arranjar uma namorada, e, além disso, April ficaria arrasada se ele começasse a andar atrás de uma namoradeira como Hallie.

Garotas, julgamentos de assassinato, testemunhas secretas. A vida subitamente se tornara muito complicada.

Capítulo 13

Depois de uma longa despedida, Theo retornou ao planeta Terra. Ele praticamente correu pela escada até o segundo andar, então entrou no balcão, onde encontrou Ike na primeira fila. Sentou-se silenciosamente ao lado dele. Eram quase cinco da tarde.

A testemunha era o corretor de seguros que tinha vendido a apólice de um milhão de dólares aos Duffy havia pouco mais de dois anos. Clifford Nance lentamente fazia o corretor relatar seus encontros com o casal. Cuidadosamente ressaltou o fato de que duas apólices tinham sido compradas, uma de seguro de vida da sra. Myra Duffy, e a outra de seguro de vida do sr. Peter Duffy. Ambas tinham o valor de um milhão de dólares. Ambas vinham substituir apólices já existentes no valor de quinhentos mil dólares, no caso da morte de qualquer dos cônjuges. Não havia nada de incomum na transação. O corretor declarou que era bem frequente – um casal sabiamente aumentar a cobertura, de modo a estarem ambos protegidos no caso da morte prematura de um deles. Os Duffy sabiam o que estavam fazendo, e nenhum dos dois hesitou em ampliar a cobertura.

Quando Clifford Nance terminou a inquirição, o prêmio de um milhão de dólares parecia muito menos suspeito. Jack Hogan tentou lançar dúvidas com algumas perguntas, mas nenhuma surtiu efeito. Quando foi concluído o depoimento do corretor, o juiz Gantry encerrou os trabalhos daquele dia.

Theo viu o júri sair da sala de audiência enquanto todo mundo esperava, então observou a equipe da defesa se reunir ao redor de Pete Duffy e trocar sorrisos satisfeitos e apertos de mãos por mais um dia produtivo no tribunal. Eles estavam muito confiantes. Omar Cheepe não estava presente.

– Não quero conversar aqui – disse Ike em voz baixa. – Você pode ir até o escritório?

– Claro.

– Agora?

– Estarei bem atrás de você.

Dez minutos depois, eles estavam no escritório de Ike com a porta trancada. Ike abriu uma pequena geladeira atrás de sua escrivaninha.

– Tenho Budweiser e Sprite.

– Budweiser – respondeu Theo.

Ike lhe deu uma Sprite e abriu uma lata de Budweiser para si.

– Suas opções são limitadas – disse ele, então bebeu um gole.

– Já imaginava isso.

– Primeira, você pode não fazer nada. Amanhã é sexta-feira, e parece que a defesa vai encerrar no meio da tarde. Segundo os rumores, Peter Duffy vai ser interrogado, e será o último a ser chamado. É possível até que o caso seja entregue ao júri no final da tarde. Se você não fizer nada, o júri vai se retirar para a sala dos jurados e debater o caso até chegar ao veredicto. Eles podem considerá-lo culpado, inocente, ou podem se dividir e não conseguir chegar a um veredicto.

Theo sabia de tudo isso. Nos últimos cinco anos tinha assistido a muito mais julgamentos do que Ike. Seu tio prosseguiu:

– Segunda, você pode procurar esta testemunha misteriosa e tentar convencê-la a se apresentar imediatamente. Não tenho certeza do que o juiz Gantry faria agora se fosse confrontado por este tipo de testemunho. Tenho certeza de que ele nunca esteve nesta posição, mas é um bom juiz e fará o que é correto.

– Esse cara não quer se apresentar. Está assustado demais.

– Ok, isto lhe deixa a terceira opção. Você pode procurar o juiz de qualquer maneira, sem revelar o nome da testemunha...

– Eu não sei o nome dele.

– Mas sabe quem ele é, certo?

– Certo.

– Sabe onde ele mora?

– Só o bairro. Não sei o endereço.

– Você sabe onde ele trabalha?

– Talvez.

Ike o encarou enquanto tomava mais um gole de cerveja. Limpou os lábios com as costas da mão.

– Como eu estava dizendo, sem revelar a identidade dele, você pode explicar ao juiz que uma testemunha de importância crucial está faltando neste julgamento e que a ausência dela resultará no veredicto errado. O juiz, é claro, vai querer detalhes. Quem é ele? Onde ele trabalha? Como e por que ele se tornou testemunha? O que, exatamente, ele viu? E assim por diante. Desconfio que o juiz Gantry fará um milhão de perguntas e que, se você não responder, ele poderá ficar muito aborrecido.

– Não gosto de nenhuma das três opções – disse Theo.

– Nem eu.

– Então o que devo fazer, Ike?

– Esqueça esta história, Theo. Não meta o nariz neste caso sórdido. Não é lugar para um garoto. Não é lugar nem para um adulto. O júri está prestes a tomar uma decisão errada, mas com base nas provas, você não pode culpá-los. O sistema nem sempre funciona, sabe. Pense só em todas as pessoas inocentes que foram mandadas para o corredor da morte. Pense nos culpados que se safaram. Erros acontecem, Theo. Deixe esta história pra lá.

– Mas este erro ainda não aconteceu, ainda pode ser evitado.

– Não tenho certeza de que possa ser prevenido. É bem pouco provável que o juiz Gantry vá interromper um julgamento que está quase terminado só porque ouviu dizer que existe uma testemunha em potencial. Isto é querer muito, Theo.

De fato parecia improvável, e Theo teve de concordar:

– Acho que tem razão.

– É claro que tenho razão, Theo. Você é apenas um garoto. Caia fora.

– Ok, Ike.

Houve uma longa pausa enquanto eles se encaravam, cada um esperando que o outro falasse. Finalmente Ike disse:

– Prometa-me que não vai fazer nenhuma besteira.

– Tipo o quê?

– Tipo ir falar com o juiz. Sei que vocês são amigos.

Mais uma pausa.

– Prometa-me, Theo.

– Prometo que não farei nada sem antes falar com você.

– Justo.

Theo se levantou de um salto.

– Preciso ir. Tenho um monte de trabalhos de casa.

– Como vai o espanhol?

– Muito bem.

– Ouvi dizer que a professora é extraordinária. Madame... como é mesmo o nome dela?

– Madame Monique. Ela é muito boa. Como você sabe...

– Eu me mantenho em dia com as coisas, Theo. Não sou nenhum louco recluso como as pessoas pensam. O Chinês já é oferecido como matéria no sistema escolar?

– Talvez num ano mais adiantado.

– Acho que você deveria começar a estudar Chinês, por conta própria. É a língua do futuro, Theo.

Mais uma vez Theo ficou aborrecido com o fato de que seu tio se sentisse tão à vontade para dar conselhos que não tinham sido pedidos e que, com certeza, não eram necessários.

– Vou pensar no assunto, Ike. No momento, meu currículo está bastante pesado.

– Acho que amanhã vou assistir ao julgamento. Eu bem que gostei, hoje. Pode me mandar mensagens de texto.

– Combinado, Ike.

A Boone & Boone estava silenciosa quando Theo apareceu alguns minutos depois das seis da tarde. Elsa, Vince e Dorothy tinham ido embora havia muito tempo. A sra. Boone já estava em casa, sem dúvida mergulhada nas páginas de mais um romance. Seu clube do livro se reuniria às sete horas, na casa da sra. Esther Guthridge, para jantar, tomar vinho e conversar a respeito de praticamente tudo, menos o livro do mês. O clube tinha dez mulheres no total, e elas se revezavam na seleção dos títulos. Theo não conseguia se lembrar da última vez que sua mãe gostara de um livro, nem mesmo dos que ela escolhera. A cada mês, ela podia ser ouvida reclamando daquele que deveria estar lendo. Parecia uma estranha maneira de manter um clube do livro, pelo menos na opinião de Theo.

Woods Boone estava enchendo a maleta de mão quando Theo entrou no escritório do andar de cima. Theo com frequência se perguntava por que o pai enchia a maleta de pastas e livros e levava para casa toda noite, como se fosse capaz de trabalhar até a meia-noite. Nunca fazia isso. Nunca trabalhava em casa, nunca tocava na maleta, que sempre colocava debaixo de uma mesa no vestíbulo, ao lado da porta. Lá ficava ela a noite inteira, até o sr. Boone sair de manhã cedinho para o café e depois ir para o escritório, onde a esvaziava, atirando o conteúdo sobre a escrivaninha desordenada. Theo desconfiava que o material era sempre o mesmo – os mesmos livros, as mesmas pastas, os mesmos papéis.

Ele tinha reparado que advogados raramente vão a algum lugar sem levar uma maleta. Talvez só não a levem para o almoço. Sua mãe também levava a sua para casa, mas ela de vez em quando a abria e lia parte do que trouxera.

– Teve um bom dia na escola? – perguntou o sr. Boone.

– Ótimo.

– Que bom. Escute, Theo, sua mãe tem o clube do livro esta noite. Vou até a casa do juiz Plankmore fazer uma visitinha. O velho não tem andado muito bem e preciso passar umas duas horas com ele. Não vai demorar muito para haver um enterro.

– Claro, pai. Sem problema.

O juiz Plankmore tinha no mínimo noventa anos e estava morrendo de múltiplas causas. Ele era uma lenda nos círculos jurídicos de Strattenburg, e a maioria dos advogados o adorava.

– Tem umas sobras de espaguete que você pode esquentar no micro-ondas.

– Eu me viro, pai. Não se preocupe. Provavelmente vou ficar aqui estudando mais uma hora, depois vou para casa.

– Tem certeza?

– Numa boa.

Theo foi para seu escritório, esvaziou a mochila e tentava se concentrar nos deveres de Química quando ouviu uma batida de leve na porta dos fundos. Era Julio, pelo segundo dia seguido.

– Podemos conversar aqui fora? – perguntou ele muito nervoso.

– Entre – convidou Theo. – Todo mundo já foi embora. Podemos conversar aqui dentro.

– Tem certeza?

– Tenho. O que houve?

Julio se sentou. Theo fechou a porta.

– Falei com meu primo há cerca de uma hora. Ele está muito nervoso. Os homens da polícia estiveram no campo de golfe hoje. Ele acha que você contou a eles a respeito dele.

– Ora, Julio, de jeito nenhum. Não contei a ninguém. Juro.

– Então por que a polícia esteve lá?

– Não faço a menor ideia. Eles queriam falar com seu primo?

– Acho que não. Ele tratou de sumir quando viu o carro da polícia.

– Os policiais estavam de uniforme?

– Acho que sim.

– Estavam num carro identificado da polícia?

– Acho que sim.

– Olhe, Julio, dou minha palavra de que não contei a ninguém. Depois, se a polícia quisesse falar com seu primo sobre o assassinato, eles não viriam de uniforme nem dirigindo um carro com a palavra POLÍCIA pintada nas portas. De jeito nenhum. Seriam detetives à paisana, de paletó e gravata, em carros não identificados.

– Tem certeza?

– Sim, tenho certeza.

– Ok.

– Imagino que seu primo fique muito nervoso quando vê policiais, certo?

– A maioria dos ilegais fica.

– É disso que estou falando. Não contei nada a ninguém. Diga a seu primo para relaxar.

– Relaxar? É difícil relaxar quando você pode ser preso a qualquer hora.

– É verdade.

Julio ainda estava nervoso, os olhos correndo pela pequena sala, como se alguém pudesse estar ouvindo. Houve uma pausa longa e desagradável, enquanto cada um esperava que o outro dissesse algo. Finalmente, Julio falou:

– Tem uma outra coisa.

– O quê?

As mãos dele tremiam enquanto desabotoava a camisa e puxava um saco plástico transparente tipo *zip lock*. Ele a colocou cuidadosamente sobre a mesa de Theo como se fosse um presente em que nunca mais fosse querer tocar. Dentro dela, havia dois objetos de cor branca, um pouco gastos e amarrotados.

Luvas de golfe.

– Meu primo me deu isto – disse ele. – As duas luvas de golfe, usadas pelo homem que ele viu entrar na casa onde a senhora foi morta. Uma é da mão direita, outra da esquerda. A da mão direita é nova. A da esquerda foi usada.

Theo olhou boquiaberto para as luvas no saco plástico, mas não conseguiu se mover e, por um momento, também não conseguiu falar.

– Onde ele encontrou...

– Quando o homem saiu da casa, ele tirou as luvas e as enfiou no saco de golfe. Mais tarde, no décimo quarto *tee*, ele jogou estas luvas na lata de lixo ao lado do bebedouro. O trabalho de meu primo é retirar o lixo duas vezes por dia. Ele viu o homem e achou estranho que estivesse jogando fora boas luvas quase novas.

– O homem viu seu primo?

– Acho que não. Se tivesse visto, não creio que teria deixado as luvas.

– E este é o homem que agora está sendo julgado por assassinato?

– É, creio que sim. Meu primo tem quase certeza. Viu o homem na televisão.

– Por que ele guardou as luvas?

– Os garotos de lá costumam revirar o lixo em busca de coisas. Meu primo pegou as luvas e uns dois dias depois ficou desconfiado. Acho que rola um bocado de fofoca em um campo de golfe e houve muitos comentários sobre a mulher morta. Então meu primo escondeu as luvas. Agora está com medo e acha que a polícia está de olho nele. Se o encontrarem com as luvas, quem sabe? Ele está com medo de se ver metido em encrenca.

– A polícia não está de olho nele.

– Vou dizer isso a ele.

Houve uma longa pausa, então Theo balançou a cabeça para as luvas, ainda temeroso de tocar em alguma coisa.

– E o que fazemos com isso?

– Eu não vou ficar com elas.

– Era isso que eu temia.

– Você sabe o que fazer, certo, Theo?

– Não tenho nenhuma ideia do que fazer. Estou me perguntando como me meti no meio dessa confusão.

– Você não poderia deixá-las na delegacia?

Theo mordeu a língua, reprimindo um ou dois comentários que com certeza seriam vistos como sarcásticos, cruéis, ou as duas coisas. Como se poderia esperar que Julio compreendesse o sistema? "Claro, Julio, vou dar uma passada na delegacia, entregar à recepcionista um saco com duas luvas de golfe e explicar que foram usadas pelo homem simpático que agora está sendo julgado por ter matado a esposa, e que de fato a matou, pois eu, Theodore Boone, sei da verdade, porque, por algum motivo, falei com uma testemunha-chave, que mais ninguém sabe que existe, e, por favor, srta. recepcionista, leve as luvas para um detetive do Departamento de Homicídios, mas não diga a ele de onde vieram."

Pobre Julio.

– Não, isto não vai dar certo, Julio. A polícia vai fazer perguntas demais, e seu primo pode se complicar. É melhor você levar estas luvas embora, e vou fazer de conta que nunca as vi.

– De jeito nenhum, Theo. Elas agora são suas. – Com estas palavras, Julio se levantou de um salto, agarrou a maçaneta, abriu a porta e já estava com um pé do lado de fora quando disse, por sobre o ombro: – E você prometeu não contar nada a ninguém.

Theo estava atrás dele.

– Claro.

– Você me deu sua palavra.

– Claro.

Julio desapareceu na escuridão.

Capítulo 14

Judge devorou a tigela de espaguete, mas Theo mal tocou na sua comida. Pôs os pratos sujos na máquina de lavar, trancou a casa e foi para o quarto, onde vestiu o pijama, agarrou o laptop e se enfiou na cama. Encontrou April on-line, e eles bateram papo por alguns minutos. Ela também estava na cama, mas com a porta do quarto trancada, como sempre. Sentia-se bem melhor. Ela e a mãe tinham saído para comer uma pizza e até conseguiram rir um pouco juntas. Seu pai estava fora da cidade, calculavam, e isso sempre tornava a vida mais fácil. Eles disseram boa-noite, Theo fechou o laptop e pegou o último exemplar da *Sports Illustrated*. Não conseguiu ler, não conseguia se concentrar. Estava com sono porque não tinha dormido muito na noite anterior, e, embora estivesse preocupado e até assustado, logo acabou por adormecer.

O sr. Boone foi o primeiro a voltar para casa. Subiu silenciosamente a escada e abriu a porta do quarto de Theo. As dobradiças rangeram como sempre. Ele acendeu a luz por um momento e sorriu ao ver o filho profundamente adormecido.

– Boa-noite, Theo – sussurrou e apagou a luz.

O barulho da porta ao se fechar acordou Theo. Segundos depois, ele estava deitado de olhos fixos no teto escuro, pensando nas luvas de golfe escondidas em seu escritório. Havia algo de terrivelmente errado no conselho de Ike de não se meter, de apenas ignorar a existência da testemunha e se manter de fora, em silêncio, enquanto o sistema judiciário cometia um erro.

Contudo, uma promessa era uma promessa, e Theo tinha dado sua palavra a Julio e ao primo de que manteria o segredo deles. Mas e se não o fizesse? E se fosse até o gabinete do juiz Gantry logo de manhã cedo, jogasse as luvas sobre a mesa e contasse tudo? O primo estaria ferrado. Seria caçado por Jack Hogan e pela polícia e posto sob custódia. Seu testemunho salvaria o dia para a promotoria. O julgamento seria encerrado. Um novo julgamento seria marcado. Tudo seria revelado pelos jornais e pela televisão. O primo se tornaria um herói, mas também seria preso como imigrante ilegal.

Mas não poderia ele, o primo, fazer um acordo com a polícia e a promotoria? Será que eles não o ajudariam por precisarem dele? Theo não sabia. Talvez sim, talvez não, mas era arriscado demais.

Então ele começou a pensar na sra. Duffy. Em sua pasta de arquivo havia um recorte de jornal com uma bela foto dela. Era uma mulher bonita, loura, olhos escuros, dentes perfeitos. Theo imaginou seus últimos segundos de vida enquanto se dava conta, com horror, de que o marido – usando aquelas duas luvas de golfe – não tinha passado em casa por algum motivo corriqueiro, mas em vez disso a agarrara pela garganta e ia matá-la.

O coração de Theo disparou novamente. Afastou as cobertas e se sentou na beira da cama. A sra. Duffy era apenas alguns anos mais moça que sua mãe. Como se sentiria se sua mãe fosse atacada com a mesma selvageria?

Se o júri declarasse o sr. Duffy inocente, ele literalmente escaparia impune do assassinato. E nunca mais poderia ser julgado pelo mesmo crime. Theo conhecia bem o princípio do *non bis in idem,* ou da dupla incriminação – segundo o qual o Estado não pode julgar você uma segunda vez pelo mesmo fato delituoso, se o júri chegou a um veredicto de inocente da primeira vez. Como não havia outros suspeitos, o assassinato não seria solucionado.

O sr. Duffy receberia seu um milhão de dólares. Jogaria ainda mais golfe. Provavelmente encontraria outra esposa jovem e bonita.

Theo se enfiou de volta debaixo das cobertas e tentou fechar os olhos. Teve uma ideia. Depois do julgamento, depois que o sr. Duffy fosse absolvido e saísse do tribunal, Theo esperaria algumas semanas, ou meses, então enviaria as luvas para o sr. Duffy. Despacharia em um envelope de encomenda anônimo, talvez com um bilhete que dissesse algo como: "Nós sabemos que você a matou. E o estamos vigiando."

Por que faria isto? Não sabia. Mais uma ideia tola.

Divagou um pouco mais. Não havia sangue na cena do crime, certo? De modo que não haveria vestígios de sangue nas luvas. Mas e cabelos? E se um minúsculo fio de cabelo da sra. Duffy estivesse numa das luvas? O cabelo dela não era curto, com certeza era longo o suficiente para lhe chegar aos ombros. Theo não ousara abrir o saco plástico. Não tinha tocado nas luvas, de modo que não sabia o que poderia haver nelas. Um fio de cabelo seria prova ainda mais sólida de que o marido a matara.

Tentou se concentrar em seu sucesso espetacular no Tribunal dos Animais em favor de Hallie, sua cliente e namorada em potencial. Mas os pensamentos, a toda hora, voltavam para a cena do crime. Por fim, se aquietou e adormeceu.

Marcella Boone chegou em casa pouco antes das onze da noite. Checou a geladeira para ver o que Theo tinha comido no jantar. Checou a máquina de lavar louça para se assegurar de que tudo estava em ordem. Ela falou com Woods, que estava lendo na salinha de estar. Subiu a escada e acordou Theo pela segunda vez em uma hora. Mas ele a ouviu se aproximar e fingiu estar dormindo durante o ritual. Ela não acendeu a luz, nunca o fazia. Apenas o beijou na testa e sussurrou:

– Eu amo você, Teddy. – E saiu do quarto.

Uma hora depois, Theo estava acordado, preocupado com o esconderijo que escolhera para as luvas.

O despertador de seu celular tocou às seis e meia, Theo não tinha certeza de estar acordado ou dormindo, ou em algum lugar entre uma coisa e outra. Também não estava convencido de que chegara a dormir. Contudo, tinha plena consciência de que estava cansado e já irritado, tendo pela frente mais um longo dia. O fardo que tinha de carregar não era normal para um garoto de treze anos.

Sua mãe estava diante do fogão – coisa rara para ela –, fritando salsichas e grelhando panquecas, algo que fazia cerca de duas vezes por ano. Em qualquer outra manhã,

Theo estaria faminto e pronto para um café da manhã reforçado. Mas não teve coragem de dizer a ela que estava sem apetite.

– Você dormiu bem, Teddy? – perguntou ela enquanto lhe dava um beijinho no rosto.

– Na verdade, não – disse ele.

– E por que não? Você parece cansado. Está doente?

– Estou bem.

– Precisa de um suco de laranja. Está na geladeira.

Eles comeram enquanto liam o jornal da manhã.

– Parece que o julgamento está praticamente encerrado – comentou ela, os óculos de leitura quase na ponta do nariz. Ela começava a maior parte das sextas-feiras com uma visita ao cabeleireiro para fazer as unhas, de modo que ainda estava de roupão.

– Não tenho acompanhado – disse Theo.

– Não acredito nisso. Seus olhos estão vermelhos, Theo. Você parece mesmo cansado.

– Já disse que não dormi bem.

– Por que não?

Bem, papai me acordou às dez, e você me acordou às onze. Mas Theo não podia culpar os pais. Andava perdendo o sono por outros motivos.

– Tenho uma prova importante hoje – respondeu, e não deixava de ser mais ou menos verdade. A srta. Garman os ameaçara com um exame oral de Geometria.

– Você vai se sair bem – disse ela e retomou a leitura do jornal. – Coma as salsichas.

Ele conseguiu engolir uma quantidade suficiente de salsichas e panquecas para deixá-la satisfeita. Agradeceu pelo bom café da manhã e, assim que pôde, lhe desejou um bom dia, se despediu, fez um carinho na cabeça de Judge e saiu com a bicicleta. Dez minutos depois, subia correndo as escadas do escritório de Ike, onde o tio rabugento o esperava para a segunda reunião de manhã cedo em dois dias.

Ike parecia ainda pior naquela sexta-feira. Os olhos estavam inchados e mais vermelhos que os de Theo, os cabelos grisalhos desalinhados não tinham sido tocados naquela manhã.

– É melhor que seja importante – resmungou ele.

– É – disse Theo postado diante da escrivaninha.

– Sente-se.

– Prefiro ficar de pé.

– Ok. O que aconteceu?

Theo contou toda a história sobre Julio e as duas luvas de golfe no saco plástico, agora escondido atrás de velhas pastas de arquivo de divórcio da Boone & Boone, num velho armário no porão em que ninguém mexia havia pelo menos uma década. Não deixou nenhum detalhe de fora, exceto, é claro, a identidade de Julio e seu primo. Em poucos minutos, terminou o relato.

Ike ouviu atentamente. Coçou a barba, esfregou os olhos, bebericou o café e, quando Theo se calou, conseguiu balbuciar:

– Inacreditável.

– O que vamos fazer, Ike? – perguntou Theo com desespero.

– Não sei. As luvas precisam ser examinadas pelo laboratório de criminalística. Elas podem ter pequenas amostras de pele da sra. Duffy, ou do cabelo dela, ou até ter DNA do suor do sr. Duffy.

Theo não havia pensado no suor.

– As luvas poderiam ser provas cruciais – disse Ike, pensando em voz alta, ainda coçando a barba.

– Não podemos simplesmente ignorar isso, Ike. Concorde.

– Por que você ficou com elas?

– Na verdade, eu não queria ficar, sabe? Só que meu amigo as deixou comigo. Estava com medo. O primo dele está apavorado, realmente apavorado. Eu também estou com medo. O que vamos fazer?

Ike se levantou, espreguiçou-se, tomou mais um gole de café.

– Você vai à escola?

O que mais eu iria fazer numa sexta-feira de manhã?

– Claro. Já estou atrasado.

– Vá para a escola. Vou para o tribunal assistir à audiência. Vou tentar pensar em alguma coisa e mando uma mensagem de texto depois.

– Obrigado, Ike. Você é o máximo.

– Não tenho muita certeza disso.

Theo entrou na sala de aula com cinco minutos de atraso, mas o sr. Mount estava de bom humor, e a turma ainda não estava exatamente em ordem. Quando ele viu Theo, puxou-o para um canto e disse:

– Theo, eu estive pensando, será que mais tarde, durante a aula de Governo dos Estados Unidos, você poderia nos dar uma atualização do julgamento?

A última coisa que Theo queria era falar sobre o julgamento, mas não podia dizer não para o sr. Mount. Além disso, o sr. Mount era famoso por ser meio relapso no preparo das aulas de sexta-feira e precisava que Theo preenchesse a lacuna.

– É claro – respondeu Theo.

– Obrigado. Apenas uma atualização, quinze minutos mais ou menos. Vai passar para o júri hoje, certo?

– É provável que sim.

Theo ocupou sua carteira. O sr. Mount bateu no tampo da mesa, depois fez a chamada. Comunicados foram feitos, a rotina habitual. Quando a campainha do primeiro tempo tocou, os meninos seguiram para a porta. Woody, um colega de turma, seguiu Theo até o corredor e o agarrou perto dos armários. Um olhar para o rosto dele e Theo soube que havia alguma coisa errada.

– Theo, preciso de ajuda – disse Woody baixinho, olhando ao redor.

A vida doméstica de Woody era caótica. Os pais dele estavam no segundo ou terceiro casamento e praticamente não havia supervisão. Ele tocava guitarra numa banda de garagem, já fumava, se vestia como um fugido de casa e diziam os rumores que tinha uma tatuagem no traseiro. Theo, como os outros garotos, sentia a maior curiosidade quanto à tatuagem, mas não tinha nenhum desejo de confirmar sua existência. A despeito de todas estas distrações, Woody conseguia manter uma média de conceito B.

– O que houve? – perguntou Theo.

Na verdade, queria dizer a Woody que aquele era um péssimo momento para pedir conselhos jurídicos gratuitos. Theo tinha coisas demais na cabeça.

– Você sabe manter segredo, certo? – perguntou Woody.

– É claro. – Maravilha. Era exatamente do que precisava. Mais um segredo.

Hallie passou, reduziu a marcha por um segundo, deu um sorriso simpático para Theo, mas logo se deu conta de que ele estava ocupado. Então se foi.

– Meu irmão foi preso ontem à noite, Theo – disse Woody, os olhos marejados. – A polícia apareceu lá em casa depois da meia-noite, e o levou algemado. Foi terrível. Ele está na cadeia.

– Qual é a acusação?

– Drogas. Posse de maconha, talvez para vender, tráfico.

– Existe uma enorme diferença entre posse e tráfico.

– Você pode nos ajudar?

– Duvido. Que idade ele tem?

– Dezessete anos.

Theo conhecia a reputação do irmão, e não era nada boa.

– É a primeira vez? – perguntou, embora desconfiasse que a resposta seria não.

– Ele foi preso por posse no ano passado, esta foi a primeira vez. Levou apenas uma repreensão.

– Seus pais precisam contratar um advogado, Woody. É muito simples.

– Nada é simples. Meus pais não têm dinheiro, e, se tivessem, não gastariam num advogado. Existe uma guerra em minha casa, Theo. De filhos contra pais, e é mortal, ninguém faz prisioneiros. Meu padrasto andou brigando com meu irmão por causa da questão das drogas e jurou mil vezes que não se envolveria se a polícia o apanhasse.

A campainha tocou. O corredor ficou vazio.

Theo disse:

– Ok, venha falar comigo no recreio. Não tenho muito o que aconselhar, mas vou ver o que posso fazer.

– Obrigado, Theo.

Eles se apressaram para a aula de madame Monique. Theo foi para sua carteira, abriu a mochila e se deu conta de que não tinha feito o dever de casa. Naquele momento, ele realmente não se importava. Naquele momento, estava muito grato por morar numa casa tranquila e acolhedora, com pais maravilhosos que raramente levantavam a voz. Pobre Woody.

Então ele pensou nas luvas.

Capítulo 15

Na metade da aula de Geometria, com a sra. Garman ainda fazendo alusões a um possível exame rápido para nota, e com Theo olhando fixamente para a parede e tentando ficar acordado, o aparelho de intercomunicação acima da porta crepitou e assustou a turma.

– Sra. Garman, Theo Boone está presente? – Era a voz estridente da srta. Gloria, a responsável pela secretaria da escola.

– Sim, está – respondeu a sra. Garman ao atender.

– Por favor, mande-o para a secretaria. Ele vai precisar sair.

Theo recolheu suas coisas, guardou na mochila e, quando se dirigia para a porta, a sra. Garman disse:

– Se fizermos o teste hoje, Theo, eu lhe darei uma segunda chamada na segunda-feira.

Bem, obrigado por nada, pensou Theo, mas respondeu:

– Estarei pronto.

– Tenha um bom fim de semana, Theo.

– A senhora também.

Antes de conseguir respirar, ele estava no corredor e se perguntando quem o teria chamado e por quê. Talvez a mãe tivesse ficado preocupada com seus olhos vermelhos e fisionomia cansada e decidira levá-lo ao médico. Provavelmente não. Ela não era uma pessoa de reações extremadas e, de maneira geral, só chamava o médico quando Theo estava realmente mal. Talvez o pai tivesse mudado de ideia e decidido deixar Theo assistir ao último dia do julgamento. Provavelmente não. Woods Boone vivia, como sempre, em outro mundo.

Talvez fosse alguma coisa muito pior. De alguma forma, de algum modo, alguém o havia dedurado, e a polícia estava esperando com um mandado de busca para pegar as luvas. Os segredos seriam revelados, e ele, Theodore Boone, estaria numa encrenca séria.

Theo reduziu o passo. Onde o corredor fazia uma curva, ele olhou para fora por uma grande janela e viu a frente da escola. Não havia carros da polícia por ali.

Nada que indicasse problemas. Continuou a andar, ainda mais devagar.

Ike estava esperando. Conversava com a srta. Gloria quando Theo entrou na secretaria.

– Este homem diz que é seu tio – disse ela com um sorriso.

– Receio que sim – respondeu Theo.

– E vocês têm que ir a um enterro em Weeksburg?

Com o olhar, Ike estava dizendo: *Ande, diga que sim, diga que sim*. Theo hesitou por um segundo, depois assentiu.

– Detesto enterros – disse.

– E não vai voltar para a escola? – perguntou ela, estendendo a mão para uma prancheta.

– Não, já é uma e meia – disse Ike. – O dia estará morto.

– Assine aqui – disse ela.

Theo assinou, e eles saíram da secretaria. O carro de Ike era um Triumph Spitfire, de dois lugares, de pelo menos trinta anos e nada bem conservado. Como tudo na vida de Ike, mal se mantinha inteiro e por sorte funcionava.

Quando estavam a um quarteirão da escola, Theo falou:

– Um enterro? Gostei.

– Funcionou.

– E para onde vamos?

– Você veio me procurar para pedir ajuda. Meu conselho é irmos para os escritórios da Boone & Boone, levar seus pais para uma sala de reunião e contar tudo a eles.

Theo respirou fundo. Não podia discutir. As questões envolvidas eram complicadas demais para ele.

Eles surpreenderam Elsa quando entraram subitamente pela porta da frente. Ela se levantou de um salto e perguntou:

– Aconteceu alguma coisa?

– Bom-dia, Elsa – disse Ike. – Você está exótica, como sempre. – Ela vestia um suéter cor de abóbora com óculos e batom combinando.

Ela ignorou Ike, olhou para Theo e disse:

– O que você está fazendo aqui?

– Estou aqui para o funeral – respondeu Theo, e começou a andar em direção à biblioteca.

– Poderia, por favor, chamar Woods e Marcella? – pediu Ike. – Precisamos fazer uma reunião de família na biblioteca.

Normalmente Elsa teria reagido contra receber ordens, mas percebeu que aquilo devia ser sério. Por sorte, a sra. Boone estava em seu escritório e sozinha, e o sr. Boone estava no andar de cima mexendo na papelada em sua mesa. Eles vieram correndo para a biblioteca, um atrás do outro. Assim que Ike fechou a porta, a sra. Boone olhou para Theo e perguntou:

– Você está bem?

O sr. Boone olhou para Theo e disse:

– O que está acontecendo? Por que você não está na escola?

– Calma – disse Ike. – Vamos nos sentar e ter uma conversa sobre o assunto. – Todos se sentaram, os pais olhando para Theo como se ele tivesse cometido um crime.

– Muito bem – prosseguiu Ike. – Deixem-me falar primeiro, depois me calarei, e Theo poderá falar. Na quarta-feira, há apenas dois dias, Theo teve uma conversa com um de seus amigos na escola. Esta conversa resultou em outra conversa, e no curso dessas conversas Theo tomou conhecimento de algumas informações que poderiam ter um impacto dramático no julgamento do sr. Pete Duffy. Em resumo, existe uma testemunha, uma testemunha que ninguém sabe que existe. Nem a polícia, nem a promotoria, nem a defesa, ninguém, exceto por Theo e seu amigo. Theo não sabia o que fazer, de modo que veio se aconselhar comigo. Eu também não tenho certeza do que fazer, por isso aqui estamos.

– Por que você não nos contou? – perguntou o sr. Boone com aspereza.

– Ele está contando agora – retrucou Ike no mesmo tom.

– Fiquei com medo – disse Theo. – Ainda estou com medo, e prometi a este amigo que não contaria a ninguém.

– O que essa testemunha sabe? – perguntou o sr. Boone.

Theo olhou para Ike, e Ike olhou para Theo. *Vá em frente*, disse Ike com o olhar. Theo pigarreou e olhou para a mãe.

– Bem, esta testemunha estava no bosque perto da casa dos Duffy na hora do assassinato. Viu o sr. Duffy chegar em um carrinho de golfe, tirar os sapatos, botar uma luva de golfe na mão direita, entrar na casa, e sair alguns minutos depois. Foi na hora do assassinato. Ele calçou os sapatos, enfiou as luvas de golfe no saco, e foi embora rapidamente, como se nada tivesse acontecido.

– Como você sabe que foi na hora do assassinato? – perguntou o sr. Boone.

– O patologista declarou que ela tinha morrido por volta das onze e quarenta e cinco. A testemunha estava no horário de almoço, que havia começado às onze e meia.

– E o sr. Duffy em nenhum momento viu esta testemunha? – perguntou o sr. Boone.

– Não. O homem estava escondido entre as árvores, comendo seu almoço. Ele trabalha no campo de golfe.

– Você sabe qual é o nome dele? – perguntou o sr. Boone.

– Não, mas sei quem ele é.

– Você falou com ele? – perguntou o sr. Boone.

– Falei.

– Onde falou com ele? – perguntou a sra. Boone.

Theo se sentiu como uma testemunha em um tribunal sendo submetida a um duro interrogatório da parte contrária. Ele hesitou, e Ike tomou a palavra:

– Ele prefere não divulgar o nome da testemunha e o do amigo, e, se vocês fizerem perguntas demais, a identidade deles poderia se tornar óbvia.

– Eu prometi – disse Theo, em tom de súplica. – Na verdade, prometi não dizer uma palavra a ninguém. Não sei o que fazer.

– Por isso ele primeiro veio me procurar – disse Ike. – Para se aconselhar. Não queria incomodar vocês, mas agora houve uma nova revelação na história. Certo, Theo?

Os pais olharam para ele furiosos. Theo se remexeu na cadeira. Batucou com os dedos no tampo da mesa de carvalho.

– Conte o resto, Theo – disse Ike.

– Vamos lá – disse o sr. Boone.

Theo contou a eles sobre as luvas.

– E você está com as luvas? – perguntou o sr. Boone quando ele acabou.

– Estou.

– Onde estão agora?

– Lá embaixo, escondidas atrás de uma caixa de velhas pastas de arquivo de casos de divórcio.

– Lá embaixo, aqui? Em nosso escritório?

– Sim, mãe. Aqui. Abaixo de nós.

O sr. Boone assobiou e disse:

– Minha nossa.

Houve um longo silêncio enquanto os quatro membros da família Boone refletiam sobre a situação e tentavam esclarecer que leis e quais procedimentos se aplicariam àquele extraordinário conjunto de fatos. Embora tivesse contado mais do que planejara, Theo sentia-se aliviado por ter dividido aquele fardo. Seus pais saberiam o que fazer. Ike contribuiria com alguns conselhos. Os adultos, com certeza, conseguiriam resolver aquela questão.

– O jornal dizia que o julgamento poderia acabar hoje – disse a sra. Boone.

– Acabei de sair do tribunal – disse Ike. – O sr. Duffy deve ser interrogado esta tarde, e ele é o último a depor. Depois das alegações finais, o juiz instruirá os jurados e lhes entregará o caso.

– As conversas que circulavam por lá no café, hoje de manhã, eram de que o juiz Gantry realizará audiência amanhã e esperará pelas deliberações do júri.

– Num sábado?

– Isto era o que se dizia.

Houve mais uma longa pausa na conversa. A sra. Boone olhou para o filho e disse:

– Bem, Theo, o que você sugere que façamos a esta altura?

Theo mantinha a esperança de que os adultos saberiam o que fazer. Ele se encolheu, meio desconfortável, então disse:

– Parece-me que a melhor coisa a fazer seria contar a história inteira ao juiz Gantry.

– Concordo – disse ela com um sorriso.

– Eu também – falou Ike.

Não foi nenhuma surpresa, pelo menos para Theo, que seu pai não concordasse.

– Mas e se contarmos ao juiz Gantry – disse o sr. Boone –, e ele exigir saber o nome ou a identidade desta testemunha? E se Theo se recusar a revelar o nome? E aí? O juiz pode acusá-lo de desacato ao tribunal.

– O que isto quer dizer? – perguntou Theo.

– Quer dizer problema sério – respondeu o pai.

– Quer dizer que ele poderia mandar prender você, e mantê-lo preso até que lhe dê a informação que ele quer – disse Ike com um sorriso desagradável, como se achasse aquilo divertido.

– Prefiro não ir para a cadeia – disse Theo.

– Não seja ridículo, Woods – disse a sra. Boone. – Henry Gantry não mandaria prender Theo por desacato.

– Não tenho tanta certeza disso – rebateu Woods. – Você tem uma testemunha ocular crucial, cujo depoimento poderia mudar o resultado do julgamento, e tem uma pessoa que sabe quem é esta testemunha. Esta pessoa é Theo, e, se ele se recusar a obedecer ao juiz, o juiz poderá ficar aborrecido. Eu não o culparia.

– Eu realmente não quero ir para a cadeia – repetiu Theo.

– Você não vai para a cadeia – disse a sra. Boone. – Nenhum juiz de posse de suas faculdades mentais mandaria prender um garoto inocente de treze anos.

Houve mais uma longa pausa.

Finalmente, o sr. Boone disse:

– Theo, o que aconteceria se a identidade desta testemunha de alguma forma fosse revelada?

– Ele é um imigrante ilegal, pai. Não deveria estar aqui, e está apavorado. Se a polícia souber o nome dele e o encontrar, então irá para a cadeia e será por minha culpa. Se não o apanharem, ele vai desaparecer de vista.

– Então não nos diga quem ele é.

– Obrigado, mãe. Eu não pretendia mesmo contar.

– Não conte a ninguém.

– Prometo. Mas agora vocês sabem que ele é um imigrante ilegal e que trabalha no campo de golfe. Não seria difícil encontrá-lo.

– E como você conheceu esta pessoa? – perguntou o sr. Boone.

– Ele tem um primo na escola, e o primo dele veio me pedir ajuda.

– Como todos os outros no colégio – disse Ike.

– Não todos, mas a maioria.

Todo mundo respirou fundo, mas então o sr. Boone olhou para Theo e sorriu.

– É a família do abrigo, não é? Julio, seu amigo, o garoto a quem você dá aulas particulares de Matemática? E a mãe dele, como é o nome dela?

– Carola.

– Carola, certo. Já conversei com ela várias vezes. Ela tem dois filhos pequenos e Julio. Eles são de El Salvador. O primo de Julio é a testemunha ocular misteriosa. Certo, Theo?

Theo assentiu. Sim, papai, você descobriu tudo. Estranhamente, sentia-se aliviado. Não tinha traído a confiança e a promessa de segredo. E alguém precisava saber da verdade.

Capítulo 16

Ocorreu a Theo, enquanto caminhava atrás de seus pais e de Ike, que aquela era talvez a primeira vez que entrava no tribunal com alguma relutância. Sempre se sentia estimulado por estar lá, ao ver os funcionários e advogados andando de um lado para outro apressados, cuidando de assuntos importantes, ao observar o grande vestíbulo de mármore com o velho candelabro pendendo do alto e os enormes retratos dos juízes nas paredes. Sempre tinha adorado o tribunal, mas esses sentimentos de afeto e prazer agora estavam ausentes. Theo estava com medo do que iria acontecer, embora não fizesse ideia do que sentia.

Seguiram direto para o segundo andar, para a porta fechada e guardada da sala de audiência principal. Um agente chamado Snodgrass os informou de que o tribunal estava em sessão e que a porta só seria aberta quando houvesse um recesso. Então eles seguiram pelo corredor até o escritório do meritíssimo senhor juiz Henry L. Gantry, onde a secretária, a sra. Irma Hardy, estava datilografando quando entraram.

– Bom-dia, Irma – disse a sra. Boone.

– Ora, bom-dia, Marcella, e Woods, e, ora, ora, olá Theo.

A sra. Hardy pôs-se de pé tirando os óculos, obviamente sem saber por que a família Boone inteira subitamente surgira diante de sua mesa de trabalho. Olhava desconfiada para Ike, como se os caminhos deles tivessem se cruzado havia muito tempo, em circunstâncias que tinham estado longe de serem ideais. Ike estava de jeans, tênis brancos e camiseta, mas graças aos céus vestira um velho blazer marrom, que lhe dava uma certa credibilidade.

– Ike Boone – disse ele, estendendo a mão para ela. – Irmão de Woods, tio de Theo. Eu era advogado e trabalhei por aqui.

A sra. Hardy conseguiu dar um sorriso forçado, como se lembrasse do nome, e apertou a mão dele.

A sra. Boone disse:

– Olhe, Irma, temos um assunto urgente para falar com o juiz Gantry. Sei que ele está em audiência agora, no julgamento Duffy, e, bem, é justamente por este motivo que estamos aqui. Receio que seja crucial que falemos com ele.

O sr. Boone interrompeu:

– A que horas ele fará o intervalo para o almoço?

– Geralmente por volta do meio-dia, como sempre, mas ele vai se reunir com todos os advogados durante o almoço – disse a sra. Hardy, olhando para cada um dos quatro rostos que a encaravam. – Ele está extremamente ocupado, vocês sabem.

Theo olhou para o grande relógio na parede atrás dela. Eram onze e dez.

– É imperativo que vejamos o juiz tão logo seja possível – disse a sra. Boone em tom um tanto autoritário, na opinião de Theo. Mas ela era advogada especializada em divórcio e conhecida por não ser nada tímida.

Ali, no entanto, eles estavam no terreno da sra. Hardy, e ela não era de aceitar pressão ou receber ordens.

– Bem, talvez ajudasse se me dissessem o que está havendo – disse.

– Receio que seja confidencial – respondeu o sr. Boone com um franzir de cenho.

– Realmente não podemos fazer isso, Irma, lamento – acrescentou a sra. Boone.

Havia algumas cadeiras do outro lado da sala, sob mais retratos de juízes mortos. A sra. Hardy acenou naquela direção.

– Podem esperar ali. Vou informar ao juiz assim que ele fizer o intervalo para o almoço.

– Obrigada, Irma – disse a sra. Boone.

– Obrigado – disse o sr. Boone.

Todos respiraram fundo e sorriram, e os Boone se afastaram.

– Theo, por que você não está na escola? – perguntou a sra. Hardy.

– É uma história muito longa – respondeu ele. – Um dia eu lhe conto.

Os quatro Boone se sentaram e em menos de quinze segundos Ike pediu licença e saiu, dizendo alguma coisa sobre fumar um cigarro. A sra. Boone estava no telefone celular, cuidando de algum assunto urgente com Elsa no escritório. O sr. Boone lia atentamente um documento de uma pasta que trouxera.

Theo se lembrou de Woody e a prisão de seu irmão. Abriu a mochila, tirou o laptop e começou a pesquisar o rol das causas da Corte Criminal e os registros de prisão. Informações deste tipo não estavam disponíveis para o público on-line, mas Theo, como sempre, usou o código de acesso da firma dos pais para encontrar o que queria.

O irmão de Woody, Tony, estava detido no Centro de Detenção Juvenil de Strattenburg, um nome elegante para o lugar onde eles mantinham presos os menores de dezoito anos. Tony era acusado de posse de maconha, com a intenção de vender, um crime que tinha pena máxima de dez anos de prisão. Como ele tinha dezessete, era menor, provavelmente poderia fazer um acordo que lhe permitiria se declarar culpado e cumprir uma pena de dois anos numa instituição para menores. Presumindo, é claro, que concordasse em se declarar culpado. Se quisesse se declarar inocente, seria levado a julgamento diante de um júri e correria o risco de receber uma pena muito mais longa. Menores infratores acusados de infrações relacionadas a drogas só iam a julgamento em menos de dois por cento dos casos.

Se os pais e padrastos se recusassem a ajudar, como Woody dissera ser o caso de seu irmão, um defensor público seria designado para defendê-lo. Em Strattenburg, os defensores públicos eram todos muito bons e cuidavam de casos semelhantes relacionados a drogas todos os dias.

Theo rapidamente resumiu tudo isso em um e-mail e enviou para Woody. Enviou outra mensagem para o sr. Mount, explicando que não tinha ido à escola e faltaria à aula de Governo dos Estados Unidos. Enviou ainda um rápido olá para April.

O relógio na parede parecia ter parado. A sra. Hardy estava ocupada com seu trabalho de datilografia. Todos os juízes mortos pareciam olhar fixamente para

Theo, nenhum deles sorrindo, todos de cara amarrada e desconfiada, como se dizendo: "Filho, o que você está fazendo aqui?" O pai dele saiu para o corredor com o telefone, para resolver alguma questão importante de Direito Imobiliário. A mãe estava trabalhando no laptop, digitando rapidamente, como se vidas estivessem em risco. Ike estava imóvel diante de uma janela em algum lugar, soprando fumaça para fora.

Theo saiu para dar uma volta. Foi andando pelo corredor e parou na Vara de Família na esperança de encontrar Jenny, mas ela não estava lá. Seguiu até a Corte de Casos Relacionados a Animais, mas a sala estava vazia. Então subiu uma velha escada escura, que ninguém usava e de cuja existência poucos sabiam, e se encaminhou silenciosamente por um corredor mal iluminado para o terceiro andar, até chegar a uma sala abandonada que outrora havia abrigado a biblioteca de Direito do condado. Atualmente era usada como depósito e estava cheia de caixotes de velhas escrituras de terras e computadores fora de uso. Uma grossa camada de poeira cobria tudo, e Theo deixou marcas de pegadas no assoalho, enquanto andava na ponta dos pés em meio ao entulho. Abriu a porta de um pequeno closet e fechou-a depois de entrar. O espaço era tão escuro que não conseguia ver as próprias mãos. Perto do piso havia uma rachadura, uma fenda aberta. Através dela, Theo podia ver a sala de audiência. A vista era bem do alto, acima da cabeça dos jurados.

Era uma vista esplêndida, que Theo descobrira sozinho um ano antes, quando uma vítima de estupro havia testemunhado em um caso tão medonho que o juiz Gantry ordenara a retirada do público da sala de audiência. O testemunho da vítima fizera com que Theo se sentisse nauseado, e ele desejara mil vezes não ter espionado o julgamento. Do interior da sala de audiência, a fenda no revestimento de lambris não podia ser vista. Ficava logo acima dos trilhos de grossas cortinas de veludo, acima do banco dos jurados.

Um dos companheiros de golfe do sr. Duffy estava no banco de testemunhas e, embora Theo não pudesse ouvir muito bem, dava para apreender a essência do depoimento. A testemunha estava explicando que o sr. Duffy era um golfista muito dedicado, muito competitivo, e, havia muitos anos, preferia jogar sozinho. Isto não era incomum. Muitos golfistas, especialmente os jogadores mais sérios, gostam de trabalhar para aperfeiçoar suas táticas jogando sozinhos.

A sala de audiência estava lotada. Theo não conseguia ver o balcão, mas imaginava que também estivesse lotado. Ele tinha uma visão clara do sr. Duffy, sentado entre seus advogados na mesa da defesa. O homem parecia confiante, quase certo de que o julgamento estava correndo a seu favor e que o júri o inocentaria.

Theo assistiu por alguns minutos, então os advogados começaram a gritar, e ele saiu do closet. Estava a meio caminho, descendo a escada, quando viu alguma coisa se mover no patamar abaixo. Alguém estava lá, em meio às sombras, se escondendo. Theo ficou paralisado, então sentiu um ligeiro cheiro de queimado. O homem estava fumando um cigarro, o que era proibido porque ainda estavam dentro do prédio do tribunal. O homem soprou uma grande nuvem de fumaça e então veio para o patamar. Era Omar Cheepe, agora visível com sua cabeça raspada e os olhos negros. Ele levantou o olhar para Theo, não disse nada, então girou nos calcanhares e se afastou.

Theo não sabia se tinha sido seguido, ou se a escada era um dos lugares que Omar usava para fumar. Havia pontas de cigarro por toda parte. Talvez outras pessoas também viessem se esconder ali para fumar. Contudo, uma voz lhe dizia que o encontro não fora acidental.

Era quase uma da tarde quando o juiz Gantry abriu a porta de seu escritório e se encaminhou direto para os Boone que estavam sentados ali, como crianças travessas, esperando na sala do diretor da escola. Ele estava sem a toga e sem paletó, apenas com uma camisa branca com as mangas arregaçadas, a gravata afrouxada e a expressão de um homem que trabalhava duro e sob pressão. Ele não sorriu e estava visivelmente irritado.

Os Boone se levantaram de um salto. Não houve "olás" nem quaisquer tipos de saudações. O juiz Gantry disse apenas:

– É melhor que isto seja sério.

– Desculpe-nos, Excelência – o sr. Boone conseguiu dizer primeiro. – Sabemos o que está acontecendo neste momento e temos conhecimento da pressão a que o senhor está submetido.

– Aceite nossas desculpas, Henry – acrescentou a sra. Boone rapidamente. – Mas é um assunto de crucial importância que pode ter impacto sobre este julgamento.

Ao chamá-lo de "Henry", em vez de "senhor juiz" ou algo mais formal, a sra. Boone conseguiu esfriar um pouco a atmosfera. Independentemente de quanto o juiz parecesse estar irritado, ela não estava nem um pouco intimidada.

– Dê-nos apenas cinco minutos – disse ela enquanto pegava a bolsa.

O juiz Gantry lançou um olhar furioso para Theo, como se ele tivesse acabado de dar um tiro em alguém, então olhou para Ike e conseguiu dar um breve sorriso.

– Olá, Ike. Já faz muito tempo.

– Sim, é verdade, Henry – disse Ike.

O sorriso desapareceu, e o juiz Gantry continuou:

– Vocês têm cinco minutos.

Rapidamente eles o seguiram de volta a seu escritório e, enquanto a porta estava sendo fechada, Theo lançou um olhar para a sra. Irma Hardy. Ela continuava datilografando sem parar, como se não tivesse nenhum interesse no que seria debatido. Theo imaginava que ela saberia de tudo dentro de meia hora.

Os quatro Boone se sentaram nas cadeiras de um dos lados da mesa de trabalho comprida em um dos cantos do grande escritório. O juiz Gantry ficou de frente para eles, do lado oposto. Theo se sentou entre os pais. Embora estivesse bastante nervoso, também se sentia protegido.

A mãe de Theo falou primeiro:

– Henry, temos motivos para crer que existe uma testemunha do assassinato de Myra Duffy. Uma testemunha que está se escondendo. Uma testemunha cuja existência é desconhecida da polícia, dos promotores e com certeza da defesa.

– Posso perguntar por que Theo está metido nisto? – perguntou o juiz, as sobrancelhas arqueadas e crispadas. – Parece-me que ele deveria estar na escola neste momento. Este não é exatamente um assunto para crianças.

Theo não gostou. Primeiro, realmente preferiria estar na escola naquele momento. Segundo, o uso da palavra *criança* para se referir a ele o irritou de verdade. Então disse lentamente:

– Porque, senhor juiz, eu sei quem é a testemunha. Eles não sabem, mas eu sei.

Os olhos do juiz Gantry estavam vermelhos, e ele parecia muito cansado. Ele exalou, dando um longo e impressionante suspiro, como se uma tubulação interna finalmente tivesse se aliviado de um excesso de pressão. As rugas em sua testa suavizaram, o rosto relaxou.

– E qual é seu papel em tudo isso, Ike?

– Ah, sou apenas o conselheiro jurídico de Theo. – Ike achou graça em sua resposta, mas nenhum dos presentes viu humor naquele comentário.

Houve uma pausa, e então:

– Ok. Por que não começamos pelo princípio? Eu gostaria de saber o que esta testemunha supostamente viu. Quem pode me dizer isso?

– Eu posso – respondeu Theo. – Mas prometi que nunca revelaria o nome dela.

– Você prometeu a quem?

– À testemunha.

– Então você falou com esta testemunha?

– Falei, senhor juiz.

– E você acredita que ela esteja dizendo a verdade?

– Acredito sim, senhor.

Mais um longo suspiro. Mais uma esfregada nos olhos.

– Muito bem, Theo. Estou ouvindo. Por favor, prossiga.

Theo contou a história.

Quando ele acabou, a sala ficou em silêncio. O juiz Gantry lentamente estendeu a mão para o telefone na mesa, apertou um botão e disse:

– Sra. Hardy, por favor, informe ao meirinho que vou me atrasar trinta minutos. E para manter os jurados na sala do júri.

Uma voz eficiente respondeu:

– Sim, senhor.

Ele se recostou na cadeira. Os quatro Boone o observavam, mas ele evitou o olhar deles.

– E você está com as luvas? – perguntou, numa voz muito mais baixa e mais calma.

– Estão no nosso escritório – disse o sr. Boone. – Ficaríamos contentes de entregá-las.

O juiz Gantry levantou ambas as mãos, espalmadas.

– Não, não. Ainda não, pelo menos por enquanto. Talvez mais tarde, talvez nunca. Apenas deixem-me pensar por um momento. – E com isso ele lentamente se levantou e andou até a janela atrás da grande escrivaninha do outro lado do aposento. Ficou parado ali por um momento, olhando para fora, embora não houvesse muito o que ver. Ele parecia ter se esquecido de que pouco adiante, seguindo pelo corredor, havia uma sala de audiência cheia de gente e que todos os presentes o esperavam ansiosamente.

– Eu contei direito? – sussurrou Theo para sua mãe.

Ela sorriu, deu uma palmadinha no braço dele e disse:

– Bom trabalho, Teddy. Sorria.

O juiz voltou e se acomodou em sua cadeira do outro lado da mesa. Olhou para Theo e perguntou:

– Por que esta pessoa não quer se apresentar?

Theo hesitou porque, se falasse demais, poderia comprometer a identidade do primo de Julio. Ike decidiu ajudar:

– Juiz, a testemunha é um imigrante ilegal, um dos muitos aqui nesta área. Ele no momento está amedrontado, e não podemos culpá-lo. Se houver qualquer sinal de problema, ele vai desaparecer na clandestinidade e sumirá para sempre.

Theo acrescentou:

– Ele acha que será preso se se apresentar.

Ike acrescentou:

– E Theo prometeu ao sujeito que não contaria a ninguém.

O sr. Boone acrescentou:

– Mas ele acha que é importante informar à corte de que uma testemunha crucial está faltando para o julgamento.

A sra. Boone acrescentou:

– Enquanto ao mesmo tempo protege a identidade da testemunha.

– Está bem, está bem – disse o juiz Gantry e consultou o relógio. Não posso parar o julgamento neste ponto. Estamos quase prontos para que o júri comece as deliberações. Se uma testemunha-surpresa aparecesse agora, seria difícil interromper o julgamento e permitir que ela prestasse depoimento. E não temos nem uma testemunha-surpresa. Temos uma testemunha fantasma. Não posso parar o julgamento.

Essas palavras ecoaram ao redor da sala e caíram pesadamente sobre a mesa. Theo só conseguia pensar no sr. Duffy sentado com todos os seus advogados, satisfeito e confiante de que escaparia impune de um assassinato.

– Juiz, posso fazer uma sugestão? – perguntou Ike.

– Claro, Ike. Eu gostaria de uma ajuda.

– De acordo com os boatos, o senhor vai realizar a sessão amanhã, num sábado, e esperar por um veredicto.

– Está correto.

– Por que não mandar o júri para casa até segunda-feira, como na maioria dos julgamentos? Traga-os de volta na segunda de manhã para começar as deliberações. Isto é um julgamento, não uma cirurgia de emergência. As coisas não são assim tão urgentes.

– E qual é seu plano?

– Eu não tenho um plano. Mas isso nos daria algum tempo para pensar sobre esta testemunha, talvez encontrar um meio de ajudá-la. Eu não sei. Apenas me parece errado apressar um veredicto, especialmente um veredicto que poderia estar errado.

– Errado?

– Sim. Assisti a parte do julgamento. Observei os jurados. O Estado começou com um caso fraco, que se tornou mais fraco ainda. Peter Duffy está prestes a ser inocentado.

O juiz Gantry assentiu levemente, como se concordasse, mas não disse nada. Ele começou a se aprontar. Abotoou os punhos, ajustou a gravata, levantou-se e pegou a toga, pendurada atrás da porta.

– Vou pensar no assunto – disse finalmente. – Obrigado a vocês pela, humm...

– Intromissão – disse o sr. Boone com uma risada. Os Boone se levantaram.

– Não, de forma alguma, Woods. Isto me apresenta uma situação singular, que nunca enfrentei antes. Mas, na verdade, cada julgamento é diferente. Obrigado, Theo.

– De nada, Excelência.

– Vai assistir ao resto do julgamento?

– Não conseguiríamos lugar para sentar – respondeu Theo.

– Bem, deixem-me ver o que posso fazer.

Capítulo 17

Depois que os jurados voltaram a seus lugares, a sala de audiência estava silenciosa e todos os olhos cravados no juiz Gantry, ele disse:

– Sr. Nance, creio que o senhor tem mais uma testemunha.

Clifford Nance se levantou, empertigado e cheio de importância, e disse em tom teatral:

– Excelência, a defesa chama o sr. Peter Duffy.

A tensão subitamente aumentou, à medida que o réu se encaminhava para o banco de testemunhas. Finalmente, depois de quatro longos dias de julgamento, o acusado se apresentaria e relataria a sua versão da história. Mas, ao fazê-lo, também se submeteria às perguntas da promotoria. Theo sabia que em sessenta e cinco por cento dos casos de assassinato o acusado não testemunha, e sabia quais os motivos para isso. Primeiro, eles geralmente são culpados e não suportariam um interrogatório inteligente e duro por parte da promotoria. Segundo, eles geralmente têm ficha de atividade criminosa anterior, e, uma vez no banco das testemunhas, estes registros podem ser revelados e esmiuçados. Em todo julgamento, o juiz tenta explicar ao júri que o acusado não precisa testemunhar, não tem de dizer nenhuma palavra nem apresentar testemunhas em seu favor. O ônus da prova é do Estado, cabe a ele provar quem é culpado.

Theo também sabia que jurados ficam muito desconfiados de um réu que não testemunha para salvar o próprio pescoço. Se aqueles jurados suspeitavam de Peter Duffy, Theo não sabia. Eles o observaram atentamente enquanto se aproximava do banco das testemunhas, levantava a mão e jurava dizer a verdade.

Theo podia ver tudo porque, graças ao juiz Gantry, estava sentado numa cadeira lateral na segunda fila, atrás da defesa, com Ike à sua direita e o pai à esquerda. A mãe tinha compromissos e voltara para o escritório. Dissera que não podia *desperdiçar* uma tarde assistindo a um julgamento, embora fosse óbvio para os outros três Boone que ela bem que gostaria.

Clifford Nance pigarreou e pediu ao acusado que dissesse seu nome, uma formalidade necessária, mas tola diante das circunstâncias. Todo mundo na sala de audiência não apenas conhecia Pete Duffy, mas também sabia de muita coisa sobre sua vida. O sr. Nance então começou a fazer uma série de perguntas simples. Ele se demorou bastante para estabelecer o básico – o histórico familiar, formação escolar e os empregos do sr. Duffy, seus negócios, o fato de não ter antecedentes criminais, e assim por diante. Os dois tinham passado horas ensaiando tudo aquilo, e a testemunha se acomodou àquela rotina. Duffy com frequência lançava um olhar para os jurados em um esforço para manter um tom descontraído de conversa. *Confiem em mim*, parecia estar tentando dizer. Ele era um homem bem-apessoado trajando um terno elegante, e aquilo pareceu a Theo um pouco estranho, porque nenhum dos cinco jurados de sexo masculino estava de paletó ou gravata. Theo tinha lido artigos sobre a estratégia do que advogados e seus clientes deveriam vestir durante um julgamento.

O vai e vem de perguntas e respostas afinal chegou a um tópico importante, quando o sr. Nance abordou a questão da apólice de um milhão de dólares do seguro de vida da sra. Myra Duffy. A testemunha explicou que era um fiel adepto de seguros de vida e que, quando era jovem, com uma esposa também jovem e filhos pequenos, sempre havia economizado dinheiro e investido em seguro de vida, tanto para si como para a esposa.

Seguros de vida são ferramentas valiosas para proteger uma família na casualidade infeliz de uma morte prematura. Mais tarde, quando se casara com a segunda mulher, Myra, tinha insistido em fazer um seguro de vida. E Myra concordara. De fato, as apólices de um milhão de dólares tinham sido, na verdade, ideia dela. Queria aquela proteção caso alguma coisa acontecesse com ele.

Embora parecesse não conseguir relaxar completamente, o sr. Duffy era convincente. Os jurados o ouviram atentamente. Theo também, e mais de uma vez recordou a si mesmo que estava assistindo ao maior julgamento da história de Strattenburg. Além disso, também estava matando aula, com uma bela desculpa.

Do seguro de vida, o sr. Nance encaminhou a conversa para os negócios do sr. Duffy. E ali o acusado se saiu muito bem. Ele admitiu que alguns de seus negócios com imóveis não tinham corrido bem, que alguns bancos o estavam pressionando, que tinha perdido alguns sócios e cometido alguns erros. Sua humildade foi comovente e bem-recebida pelos jurados. Fez com que se tornasse ainda mais fácil acreditar nele. Negou vigorosamente estar sequer remotamente perto da insolvência, e enumerou uma série impressionante de medidas que estava tomando para se livrar das dívidas e salvar seu patrimônio.

Uma parte daquilo era complicada demais para Theo, e ele desconfiava que alguns dos jurados também estivessem ligeiramente confusos. Não importava. Clifford Nance tinha seu cliente muito bem preparado.

De acordo com a teoria apresentada pela promotoria, o motivo para o assassinato tinha sido dinheiro e ganância. Esta teoria estava parecendo cada vez mais fraca.

O sr. Nance então abordou a questão delicada dos problemas conjugais dos Duffy, e nisto também a testemunha fez um belo trabalho. Ele admitiu que o casamento passara por momentos difíceis. Sim, eles tinham ido procurar terapia de casal. Sim, também tinham consultado advogados de divórcio em separado. Sim, ocorreram brigas, mas nenhuma violenta. E sim, ele havia saído de casa uma vez, um período miserável de um mês que o deixara ainda mais determinado a buscar a reconciliação. Quando ela foi morta, eles estavam juntos e felizes, fazendo planos para o futuro.

Mais um duro golpe para a teoria da promotoria.

À medida que a tarde avançou, Clifford Nance conduziu o depoimento para o tema do golfe, e eles dedicaram muito tempo ao assunto. Tempo demais, na humilde opinião de Theo. O sr. Duffy foi inflexível em suas afirmativas de que sempre tinha preferido jogar golfe sozinho e que vinha fazendo isso havia décadas.

O sr. Nance apresentou uma pasta e explicou ao juiz que continha os cartões de apontamentos com as anotações relativas aos jogos de seu cliente ao longo de vinte anos. Ele entregou um à testemunha que o identificou. Era de um campo de golfe na Califórnia, de catorze anos antes. Tinha dado oitenta e uma tacadas, nove acima do par. Tinha jogado sozinho.

Um cartão de anotações de pontos seguiu o outro, e o depoimento logo se transformou numa excursão a campos de golfe por todos os Estados Unidos. Pete Duffy jogara muito golfe! Ele era sério. Mantinha seus registros. E jogava sozinho. Ele então explicou que também jogava com amigos, jogava a negócios e até jogava com o filho sempre que tinha uma oportunidade. Mas preferia jogar sozinho, em um campo vazio.

Quando a excursão acabou, quase não havia mais dúvida de que mais uma das teorias da promotoria tinha sido aniquilada. A ideia de que Pete Duffy estivera planejando o assassinato ao longo de dois anos, e de que começara a jogar golfe sozinho de modo a conseguir levá-lo a cabo sem que houvesse testemunhas, parecia improvável.

Theo, a todo instante, pensava: "Há quatro pessoas nesta sala de audiência lotada que sabem a verdade. Eu, Ike, meu pai e Pete Duffy. Nós sabemos que ele matou sua mulher."

Ike, por sua vez, pensava: "Este sujeito está a ponto de escapar impune e não há nada que possamos fazer. É o crime perfeito."

Woods Boone pensava: "Como podemos encontrar esta testemunha misteriosa e trazê-la para depor antes que seja tarde demais?"

O último cartão de jogo foi o do dia do assassinato. O sr. Duffy tinha jogado dezoito buracos, seis acima do par, e jogado sozinho. É claro que as anotações tinham sido feitas por ele mesmo, de modo que sua exatidão podia ser questionada.

(Theo já tinha aprendido que, no golfe, a maioria dos cartões não registra o número verdadeiro de tacadas.)

O sr. Nance mostrou-se mais sombrio quando interrogou o cliente sobre o dia do assassinato, e ele se saiu bem. A voz do sr. Duffy se tornou mais baixa, um tanto roufenha e emocionada, enquanto ele falava sobre a morte brutal da esposa.

Só quero ver se ele vai chorar, Theo dizia a si mesmo, embora estivesse emocionado com o depoimento.

Pete Duffy conteve as lágrimas e fez um belo trabalho ao descrever o horror de receber a notícia, correr para casa em seu carrinho de golfe e encontrar a polícia lá. O corpo de sua esposa não havia sido movido, e, quando a viu, ele desmoronou, teve de ser auxiliado por um detetive. Mais tarde, foi examinado por um médico e medicado.

Que mentiroso, refletiu Theo. Que impostor. Você matou sua esposa. Existe uma testemunha. Estou com suas luvas de golfe escondidas lá no escritório.

Pete Duffy falou sobre o pesadelo de telefonar para a família dela, para sua família, para os amigos em comum, depois planejar e enfrentar o serviço fúnebre e o enterro. A solidão. O vazio de viver na mesma casa onde sua esposa querida tinha sido assassinada. A ideia de vendê-la e se mudar dali. As visitas diárias que fazia ao cemitério.

Então, o horror de ser suspeito do crime, ser acusado, indiciado, preso e levado a julgamento. Como alguém podia suspeitar que ele fosse o assassino da mulher a quem amava e adorava?

Finalmente, ele irrompeu em lágrimas. Esforçou-se para recuperar o controle, enxugou os olhos e disse repetidamente:

– Perdoem-me, perdoem-me. – Foi muito comovente, e Theo observou o rosto dos jurados. As expressões eram de comiseração e crença. Duffy chorava para salvar a própria vida e estava funcionando.

Enquanto seu cliente tentava recuperar a compostura, Clifford Nance decidiu que era suficiente. Anunciou:

– Não tenho mais perguntas, Excelência. Entregamos o réu à acusação.

O sr. Jack Hogan se levantou imediatamente e disse:

– Posso sugerir um breve recesso, Excelência?

Um intervalo faria um corte na ação, afastaria os jurados do depoimento emocionado que tinham acabado de ouvir. E passava de três e meia. Todo mundo precisava de uma pausa.

– Quinze minutos – disse o juiz Gantry. – Então daremos início ao interrogatório da acusação.

Quinze minutos se estenderam para trinta.

– Ele está deixando o tempo correr – disse Ike. – Hoje é sexta-feira e já é tarde. Todo mundo está cansado. Ele vai mandar o júri para casa e voltar na segunda-feira.

– Não sei – contrapôs Woods Boone. – Talvez ele queira os argumentos finais esta tarde.

Eles estavam reunidos no corredor, perto das máquinas de refrigerantes. Outros pequenos grupos de espectadores também esperavam, observando os relógios na parede. Omar Cheepe apareceu e quis alguma coisa para beber. Enfiou algumas moedas numa máquina, escolheu o que queria, enquanto observava os Boone, então pegou uma lata.

Ike continuou falando:

– Hogan não vai conseguir tocar nele. É escorregadio e esperto demais – declarou.

– O júri vai decidir inocentá-lo em menos de uma hora – disse Woods.

– Ele vai escapar impune – acrescentou Theo.

– Eu realmente preciso voltar para o escritório – disse Woods.

– Eu também – acrescentou Ike. – Típicos Boones.

Nenhum dos dois se moveu, porque ambos queriam ver o fim do julgamento. Theo sentia-se feliz apenas pelo fato de eles estarem juntos e conversando, uma raridade.

Houve um movimento mais abaixo no corredor, e a multidão começou a se encaminhar de volta para a sala de audiência. Alguns tinham ido embora durante o intervalo. Afinal, era tarde de sexta-feira.

Depois que todos entraram, se sentaram e fizeram silêncio, o juiz Gantry assumiu sua posição na bancada e meneou a cabeça para Jack Hogan. Estava na hora do interrogatório da promotoria, e quando um réu estava no banco das testemunhas e um promotor tinha o direito de interrogá-lo agressivamente, o resultado geralmente era muito desagradável.

Jack Hogan caminhou até o banco de testemunhas e entregou um documento a Pete Duffy.

– O senhor reconhece isto, sr. Duffy? – perguntou Hogan, o tom de suspeita pesando em cada sílaba.

Duffy não se apressou, examinou o documento, frente e verso, as várias páginas.

– Sim – disse finalmente.

– Por favor, diga ao júri o que é.

– É uma notificação de execução de hipoteca.

– De que imóvel?

– Do Shopping Center Rix Road.

– Aqui em Strattenburg?

– Sim.

– E o Shopping Center Rix Road é de sua propriedade?

– Sim, minha e de um sócio.

– E o banco lhe enviou a notificação de execução em setembro do ano passado porque o senhor estava atrasado no pagamento das parcelas trimestrais da hipoteca. Está correto?

– Isto é o que o banco disse.

– O senhor discorda, sr. Duffy? Está dizendo a este júri que não estava atrasado no pagamento da hipoteca deste imóvel em setembro do ano passado? – Jack Hogan acenou com mais alguns documentos enquanto fazia a pergunta, como se tivesse provas de sobra.

Duffy fez uma pausa, então deu um sorriso forçado.

– Sim, estávamos atrasados no pagamento.

– E quanto o banco lhe emprestou tendo este imóvel como garantia?

– Duzentos mil dólares.

– Duzentos mil dólares – Hogan repetiu enquanto olhava para os jurados. Então caminhou até sua mesa, largou um punhado de papéis e pegou outro. Ele se posicionou atrás do pódio e disse: – Agora, sr. Duffy, o senhor era proprietário de um armazém na Wolf Street, no parque industrial aqui de Strattenburg?

– Sim, senhor. Eu tinha dois sócios nesse empreendimento.

– E os senhores venderam o armazém, não é verdade?

– Sim, nós vendemos.

– E a venda aconteceu em setembro do ano passado, certo?

– Se o senhor afirma que sim. Tenho certeza de que tem todos os documentos.

– De fato, tenho. E meus documentos mostram que o armazém esteve à venda durante mais de um ano, que o preço pedido inicialmente era de seiscentos mil dólares, que a hipoteca feita no State Bank era de quinhentos e cinquenta, e que o senhor e seus sócios finalmente venderam o imóvel por pouco mais de quatrocentos mil. – Hogan estava meio que espetando o ar com a papelada enquanto falava. – O senhor concorda, sr. Duffy?

– Parece correto.

– De modo que o senhor perdeu um bom dinheiro neste negócio, certo, sr. Duffy?

– Não foi um de meus melhores negócios.

– O senhor estava desesperado para vender o armazém?

– Não.

– O senhor precisava do dinheiro, sr. Duffy?

O acusado se remexeu na cadeira, parecendo um tanto desconfortável.

– Nós, meus sócios e eu, precisávamos vender o armazém.

Durante os vinte minutos seguintes, Hogan castigou duramente Pete Duffy e seus sócios, ressaltando a questão de suas dificuldades financeiras. Duffy se recusou a admitir que tivesse estado *desesperado*. Mas, à medida que o interrogatório se tornou mais exaustivo, ficou claro que o réu estivera lutando freneticamente para fazer um negócio, enquanto outro fracassava. Hogan tinha documentação de sobra. Apresentou cópias de duas ações que tinham sido ajuizadas contra Pete Duffy por ex-sócios. Ele interrogou impiedosamente o acusado sobre as acusações feitas nas ações ajuizadas. Duffy negou terminantemente ter agido de modo incorreto e explicou que nenhuma das duas causas tinha mérito. Ele admitiu que seus negócios andaram enfrentando dificuldades, mas se agarrou à posição de que estivera longe de estar quebrado.

Com maestria, Jack Hogan retratou Pete Duffy como um tratante louco por dinheiro que mal conseguia se manter um passo adiante de seus credores. Mas ainda estava longe de conseguir ligar seus problemas financeiros ao motivo do crime.

Mudando de assunto, Hogan começou a se posicionar para outra bomba. Educadamente ele começou a abordar a questão do casamento conturbado de Duffy, e, depois de algumas perguntas fáceis, acrescentou:

– Agora, sr. Duffy, o senhor admitiu em seu testemunho que de fato chegou a sair de casa, correto?

– Correto.

– E esta separação durou um mês?

– Eu não chamaria de separação. Nós nunca nos referimos a isso desta maneira.

– Então como era chamado?

– Não nos demos o trabalho de dar um nome.

– Muito justo. Quando o senhor saiu de casa?

– Eu não mantinha um diário, mas foi em julho do ano passado.

– Mais ou menos três meses antes do assassinato?

– Algo assim.

– Onde o senhor morou depois de se mudar?

– Não tenho certeza de ter de fato me mudado. Eu apenas peguei algumas roupas e saí.

– Ok, e para onde o senhor foi?

– Passei algumas noites no Marriott, mais abaixo na rua. Passei outras noites na casa de um de meus sócios. Ele é divorciado e mora sozinho. Foi um mês horroroso.

– De modo que o senhor ficou morando aqui e ali? Durante cerca de um mês?

– Exato.

– Então se mudou de volta para casa depois de fazer as pazes com a sra. Duffy, e estavam vivendo felizes para sempre quando ela foi assassinada?

– Isto é uma pergunta?

– Está retirada. Aqui vai uma pergunta para o senhor, sr. Duffy.

Jack Hogan retornou com a papelada. Ele entregou um documento à testemunha e, depois de uma olhada, Pete Duffy empalideceu.

– O senhor reconhece isto, sr. Duffy?

– Hum, não tenho certeza – disse Duffy virando uma página, tentando ganhar tempo.

– Bem, permita-me ajudá-lo. É um contrato de quatro páginas do aluguel de um apartamento em Weeksburg, que fica a cerca de cinquenta quilômetros daqui. É o aluguel de um apartamento agradável de dois quartos, mobiliado, em um prédio elegante, por dois mil dólares por mês. O senhor se lembra, sr. Duffy?

– Na verdade, não. Eu, hum...

– Um contrato de aluguel por um ano, começando em junho passado.

Duffy deu de ombros como se não fizesse qualquer ideia a respeito daquilo.

– Não foi assinado por mim.

– Não, mas por sua secretária, a sra. Judith Maze, uma mulher que vive com o marido no mesmo endereço aqui em Strattenburg há vinte anos. Certo, sr. Duffy?

– Se o senhor afirma. Ela é minha secretária.

– Por que ela assinaria um contrato de aluguel para este apartamento?

– Não tenho ideia. Talvez o senhor devesse perguntar a ela.

– Sr. Duffy, o senhor realmente quer que eu a chame para depor como testemunha?

– Hum. Claro. Pode chamar.

– O senhor alguma vez viu este apartamento, sr. Duffy?

Duffy estava confuso e atordoado, tentando se agarrar a uma encosta íngreme e escorregadia. Ele lançou um olhar para a bancada dos jurados, deu mais um sorriso forçado, então respondeu:

– Sim, fiquei lá algumas vezes.

– Sozinho? – emendou Hogan asperamente, num tom de nítida desconfiança.

– É claro que eu estava sozinho. Eu estive lá a trabalho, as coisas demoraram, ficou tarde, de modo que me instalei no apartamento.

– Que conveniente. Quem paga o aluguel?

– Eu não sei. O senhor vai ter que perguntar à sra. Maze.

– Então o senhor está dizendo ao júri, sr. Duffy, que não alugou o apartamento e que não paga o aluguel?

– Correto.

– E que o senhor só esteve lá algumas vezes?

– Correto.

– E o aluguel deste apartamento não tem nada a ver com os problemas que o senhor e a sra. Duffy estavam enfrentando?

– Não. Mais uma vez: eu não aluguei o apartamento.

Para Theo, que conhecia a verdade, a honestidade de Pete Duffy estava sendo seriamente questionada. Parecia óbvio que ele estava mentindo sobre o apartamento. E se ele mentia uma vez, com certeza mentiria em outras.

Evidentemente, Jack Hogan não tinha como provar com que frequência Duffy havia usado o apartamento. Ele seguiu adiante, passando para o tema do golfe, e seu interrogatório perdeu o ímpeto. Duffy sabia muito mais a respeito de golfe que o promotor, e os dois trocaram farpas e se enfrentaram pelo que pareceu uma hora.

Eram quase seis da tarde quando Jack Hogan finalmente se sentou. O juiz Gantry não perdeu tempo para anunciar:

– Decidi não realizar a sessão amanhã. Creio que os jurados precisam de um descanso. Espero que tenham um fim de semana tranquilo e repousante, e verei os senhores aqui às nove da manhã de segunda-feira. Nessa ocasião, ouviremos os argumentos finais, e então os senhores finalmente receberão o caso. Mais uma vez, valem as instruções habituais. Não discutam o caso. Se alguém entrar em contato com qualquer dos senhores e tentar falar sobre o caso, por favor, me informem imediatamente. Obrigado pelos serviços prestados. Vejo todos na segunda-feira.

Os meirinhos acompanharam os jurados até uma porta lateral. Depois que eles saíram, o juiz Gantry dirigiu-se aos advogados:

– Cavalheiros, mais alguma coisa?

Jack Hogan se levantou e disse:

– Nada no momento, Excelência.

Clifford Nance se levantou e sacudiu a cabeça em negativa.

– Muito bem. Este julgamento fica suspenso até segunda-feira, às nove horas da manhã.

Capítulo 18

Pela primeira vez em várias noites, Theo dormiu bem. Acordou tarde na manhã de sábado e, quando afinal desceu, cambaleante, se deu conta de que estava havendo algum tipo de reunião familiar na cozinha. O pai estava no fogão, fazendo ovos mexidos. A mãe, ainda de roupão, sentada a uma ponta da mesa, digitava devagar no teclado, examinando o monitor. E Ike – pelo que Theo soubesse, nunca estivera presente na casa nos treze anos desde que ele viera ao mundo – estava sentado na outra ponta, com o jornal da manhã aberto diante de si. Lia os classificados, fazendo anotações. Vestia um conjunto de moletom cor de laranja e um velho boné dos Yankees. O ar estava carregado dos aromas do café e de conversas interrompidas e não acabadas. Judge foi direto para o fogão e começou a fazer sua cena habitual de pedir comida.

Várias versões de "Bom-dia" foram trocadas. Theo foi até o fogão e examinou a comida.

– Estou preparando ovos mexidos para todos – disse o pai. Ele conseguia cozinhar ainda menos que sua mãe, e os ovos pareciam meio crus, pelo menos na opinião de Theo. Ele se serviu de suco de toranja e ocupou uma cadeira à mesa.

Ninguém falou nada, até que Ike disse:

– Aqui temos um apartamento de dois quartos em cima de uma garagem em Millmont. Seiscentos dólares por mês. Não é uma área ruim da cidade.

– Millmont é bem razoável – concordou o sr. Boone.

– Ela ganha sete dólares por hora e trabalha trinta horas por dia – disse a sra. Boone, sem levantar o olhar. – Depois dos impostos e de algumas despesas obrigatórias, terá sorte se tiver trezentos dólares por mês para pagar aluguel. Ela não tem dinheiro. É por isso que eles moram no abrigo.

– Então onde você acha que encontraremos um apartamento por trezentos dólares por mês? – perguntou Ike com um tom ligeiramente ácido na voz. Contudo, ele também não levantou o olhar. De fato, naquele momento ninguém se encarava.

Theo apenas ouvia e observava.

O sr. Boone disse:

– Se é um apartamento em cima de uma garagem, então provavelmente o dono é solteiro. Duvido que aluguem para salvadorenhos ou qualquer outra pessoa que não seja daqui.

Ele despejou uma porção de ovos em um prato, acrescentou um pãozinho redondo de trigo torrado e o colocou diante de Theo, que em voz baixa disse:

– Obrigado. – Judge finalmente conseguiu ovos em sua tigela.

Theo partiu um pedaço, mastigou e ouviu o silêncio. O desinteresse deles em seu envolvimento no que quer que fosse que estivessem discutindo o irritou. Os ovos estavam moles demais.

Afinal, disse:

– Estamos procurando apartamento?

Ike conseguiu resmungar:

– Hum-hum.

Salvadorenhos. Morando no abrigo. As pistas combinavam.

– Woods – disse a sra. Boone, ainda catando milho no teclado. – Nick Wetzel se oferece para fazer trabalho de imigração. Ele é um advogado respeitável? Não o conheço.

– Ele faz muita publicidade – respondeu o sr. Boone. – Costumava aparecer em anúncios na televisão pedindo casos de acidentes de automóvel. Eu ficaria longe dele.

– Bem, só há dois advogados na cidade que mencionam trabalhar com imigração em seus anúncios – disse ela.

– Converse com ambos – sugeriu Ike.

– Acho que sim – respondeu ela.

– O que estamos fazendo? – perguntou Theo finalmente.

– Temos um dia muito cheio pela frente, Theo – disse o pai enquanto se sentava com uma xícara de café. – Você e eu temos um jogo de golfe muito importante.

Theo não conseguiu conter um sorriso. Eles jogavam quase todo sábado, mas durante os últimos dias Theo tinha se esquecido do jogo. Ele, como a cidade inteira, presumira que o julgamento continuaria no sábado e havia planejado estar na sala de audiência.

– Ótimo. Quando?

– Devemos sair dentro de uns trinta minutos.

Trinta minutos depois, colocavam os tacos na traseira do SUV do sr. Boone, conversando sobre como o dia estava bonito. Estavam em meados de abril, não havia nuvens no céu. Esperava-se que a temperatura chegasse aos vinte graus, as azaleias estavam em flor, e os vizinhos trabalhavam em seus jardins.

Depois de alguns minutos, Theo disse:

– Pai, para onde estamos indo?

Era evidente que não estava seguindo para o Campo Municipal de Strattenburg, o único lugar onde sempre jogavam.

– Vamos dar uma olhada num novo campo hoje.

– Qual? – Theo só conhecia três na área.

– Waverly Creek.

Theo pensou naquilo, então disse:

– Que bárbaro, pai. A cena do crime.

– Algo parecido. Tenho um cliente que mora lá, e ele nos convidou para jogar. Só que ele não vai estar ali. Seremos só nós dois. Vamos jogar no Campo Creek, talvez não haja gente demais.

Dez minutos depois, eles pararam diante da entrada bastante imponente de Waverly Creek. Um maciço muro de pedras ladeava a estrada e desaparecia numa curva. Um homem uniformizado saiu da guarita e se aproximou deles enquanto o sr. Boone parava o carro e baixava o vidro da janela.

– Bom-dia – disse o guarda com um sorriso e uma prancheta na mão.

– Bom-dia. Meu nome é Woods Boone. Estou aqui para jogar golfe. A hora de saída é dez e quarenta. Somos convidados de Max Kilpatrick.

O guarda examinou suas anotações, então disse:

– Bem-vindo, sr. Boone. Ponha isto sobre seu painel. – Entregou-lhe um cartão amarelo-vivo e disse: – Bom jogo.

– Obrigado – respondeu o sr. Boone, e os portões começaram a se abrir.

Theo já tinha entrado ali uma vez antes, havia cerca de dois anos, para a festa de aniversário de um amigo que acabara se mudando. Ele se lembrava das grandes casas, das longas entradas para automóveis, dos carros de luxo e dos gramados e jardins tratados com perfeição. Seguiram por uma estrada estreita sombreada por árvores e passaram por alguns *fairways* e *greens*. O campo de golfe era meticulosamente bem cuidado, parecia saído de uma revista especializada. A cada *tee* havia golfistas treinando tacadas, e em todos os *greens* havia outros inclinados sobre os tacos. Theo começou a se preocupar. Não havia nada que adorasse mais que jogar dezoito buracos com seu pai num campo sem muita gente, contudo nada era mais desagradável que tentar acertar uma bola com um grupo de quatro jogadores esperando, observando com impaciência sua tacada.

A sede do clube de golfe estava cheia e bem movimentada. Havia dúzias de golfistas naquele belo dia. O sr. Boone apresentou-se ao encarregado, retirou um carrinho e eles começaram a caminhar pela área de prática. Theo não conseguia deixar de olhar ao redor, na esperança de ver o primo de Julio. Ou talvez, quem sabe, não veria o próprio Pete Duffy, aproveitando para jogar alguns buracos com um amigo, depois de uma dura semana no tribunal. Ele pagara a fiança no dia em que fora preso e nunca estivera nem perto de uma cela.

E, pela maneira como o julgamento estava evoluindo, era improvável que fosse ser preso.

Mas Theo não viu nenhum dos dois. O fato de que estava pensando neles significou que não estava pensando em seus movimentos ao dar as tacadas. Espalhou algumas bolas mal jogadas pela área de prática e começou a se preocupar com o jogo.

Eles saíram para jogar na hora exata, o sr. Boone dos *tees* azuis e Theo dos brancos, um pouco mais abaixo no *fairway*. Seu *drive*, ou tacada inicial, era um *line shot* que mal cobria cem jardas.

– Mantenha a cabeça baixa – disse o pai enquanto eles se afastavam no carrinho.

Haveria mais conselhos à medida que o dia progredisse. O sr. Boone jogava golfe havia trinta anos e era um jogador médio. E como a maioria dos jogadores de golfe, não conseguia resistir à vontade de dar conselhos, especialmente para o filho. Theo os recebia bem. Precisava de muita ajuda.

Havia um grupo de quatro jogadores na frente deles e ninguém atrás. O percurso do Campo Creek era mais curto, mais estreito e, portanto, menos apreciado pelos outros golfistas. Também fora projetado para de certo modo seguir o traçado tortuoso do Waverly Creek, um riacho bastante bonito, mas traiçoeiro, conhecido por devorar bolas de golfe. O Nove Norte e o Nove Sul estavam cheios, mas não o Campo Creek.

Eles ficaram sentados no carrinho ao lado da *tee box* e esperaram que o grupo de quatro jogadores acabasse de jogar o buraco número três. Então o sr. Boone disse:

– Ok, Theo, o plano é o seguinte. Ike está procurando um apartamento para a família Pena. Um apartamento pequeno e que se possa pagar. Se eles precisarem de ajuda para o aluguel, sua mãe e eu contribuiremos com algum dinheiro. Há vários meses conversamos sobre isso, de modo que não é nenhuma novidade. Ike, que tem um grande coração, mas uma pequena conta bancária, também está disposto a ajudar. Se pudermos encontrar um lugar bem depressa, talvez Carola possa convencer seu sobrinho, o primo de Julio, a morar com eles. Seria um ambiente muito mais seguro para todos. Ike está procurando esse lugar agora, enquanto sua mãe conversa com advogados especialistas em imigração. Parece que existe um artigo na lei federal que permite que um imigrante ilegal se torne legal se ele tiver um patrono que seja cidadão americano, além de ter um emprego. Vamos jogar.

Eles jogaram, voltaram ao carrinho e seguiram devagar pela pista. Ambas as bolas das tacadas iniciais tinham caído no mato.

O sr. Boone continuou enquanto dirigia:

– Sua mãe e eu estamos dispostos a apadrinhar o primo de Julio. Provavelmente conseguirei um emprego melhor para ele, um emprego legítimo, e, se ele morar com a tia e a família, poderá obter status legal em dois anos. Cidadania já é outra conversa.

– E qual é o problema?

– Não há nenhum problema. Queremos ajudar a família Pena a sair do abrigo, e o faremos independentemente do que acontecer com o primo. Mas temos que convencê-lo a se apresentar e estar disposto a prestar depoimento, a contar a verdade, a subir no banco das testemunhas e contar ao júri o que viu.

– E como vamos convencê-lo a fazer isso?

– Esta parte do plano ainda está sendo trabalhada.

A bola de Theo estava bem perto da pista do carrinho, a uma boa distância do *fairway*. Ele bateu bem com um ferro cinco e deixou a bola a cinquenta jardas do *green*.

– Bela tacada, Theo.

– De vez em quando dou sorte.

O buraco número seis era uma *dog leg* para a esquerda, um *fairway* mais largo com belas casas ao longo de seu limite direito. Da *tee box* eles podiam avistar os fundos da casa dos Duffy, a pouco menos de quinze metros da pista do carrinho. Na casa ao lado, um jardineiro aparava a grama. Theo pensou: "Do jeito que estou batendo hoje, aquele homem corre perigo."

Mas o jardineiro continuava são e salvo depois de os Boone fazerem suas tacadas. Eles avançaram devagar pela pista até o carrinho.

– Você me disse que tinha mapas aéreos deste lugar – o sr. Boone falou.

– Tenho sim. No escritório.

– Você acha que poderia encontrar o lugar onde nossa testemunha estava escondida?

– Talvez. Fica por ali.

Theo apontou para um trecho mais denso de árvores do outro lado do *fairway*. Eles foram até a orla do bosque e começaram a andar com passadas largas e pesadas, como fazem os golfistas ao perderem as bolas depois de tacadas ruins. O leito seco de um riacho corria em meio às árvores e num dos lados havia um muro baixo de proteção feito com grandes caibros. Era o lugar perfeito para sentar e se esconder, e almoçar sossegado, completamente sozinho.

– Poderia ser ali – disse Theo apontando. – Ele disse que havia sentado em caibros de madeira, com uma vista perfeita para a casa.

Theo e o sr. Boone sentaram-se nos caibros. A vista para os fundos da casa de Duffy era livre e desimpedida.

– A que distância acha que estamos? – perguntou Theo.

– Uns noventa metros mais ou menos – respondeu o sr. Boone sem hesitação, calculando a distância prontamente, como a maioria dos golfistas. – É um excelente esconderijo. Ninguém jamais o veria sentado aqui. Ninguém nem pensaria em olhar para o meio destas árvores.

– Quando examinar os mapas aéreos, o senhor verá que o galpão da manutenção fica logo ali, passando pelo meio da mata. – Theo apontava a direção oposta ao *fairway*. – De acordo com a testemunha, os trabalhadores se encontram para almoçar às onze e meia no galpão. Na maioria dos dias, ele costuma escapulir para comer sozinho. Acho que vinha para cá.

– Eu trouxe uma câmera. Vamos tirar umas fotos.

O sr. Boone foi buscar uma pequena câmera digital em seu saco de golfe no carrinho. Fotografou a área do arvoredo, o leito do riacho, o muro de proteção, então se virou e tirou algumas fotos do lado oposto do *fairway* e das casas que ficavam bem defronte.

– Para que são as fotos? – perguntou Theo, depois que voltaram para o carrinho.

– É possível que venhamos a precisar delas.

Tiraram fotos por mais alguns minutos, depois saíram do bosque e estavam quase chegando ao carrinho de golfe quando Theo olhou para o outro lado do *fairway*. Pete Duffy estava postado no pátio de sua casa, observando-os com binóculos. Não havia outros golfistas por perto.

– Papai – disse Theo baixinho.

– Eu já o vi – respondeu o sr. Boone. – Vamos jogar.

Tentaram ignorá-lo enquanto davam suas tacadas nas bolas, nenhuma das quais foi parar em lugar nenhum perto do *green*. Rapidamente embarcaram de novo no carrinho e se afastaram. Pete Duffy em momento algum baixou os binóculos.

Eles acabaram de jogar nove tacadas em duas horas, então decidiram dar umas voltas de carrinho e aproveitar para visitar os campos Norte e Sul. O projeto de Waverly Creek era magnífico: belíssimas casas elegantemente posicionadas ao longo de alguns dos *fairways*, uma fileira de luxuosos prédios ao redor de um pequeno lago, um parque para crianças, vias para ciclistas e corredores que se cruzavam com as pistas para os carrinhos, e o mais importante, belíssimos *fairways* e *greens*.

Um grupo de quatro jogadores estava jogando o buraco número catorze. A etiqueta do golfe exige silêncio ao redor do gramado, e o sr. Boone parou o carrinho antes que ele e Theo pudessem ser vistos. Quando os jogadores terminaram de jogar e se foram, o sr. Boone dirigiu até a *tee box*. Havia um bebedouro, uma lata de lixo e um limpador de bolas na margem da pista para os carrinhos, perto de uma fileira de buxeiros.

– De acordo com Julio, o primo dele viu o homem jogar as luvas na lata de lixo do buraco catorze. Deve ser esta.

– O primo dele não lhe contou isso? – perguntou o sr. Boone.

– Não. Só falei com o primo uma vez, na noite de quarta-feira no abrigo. Julio veio até nosso escritório na noite seguinte, trazendo as luvas.

– De modo que não temos nenhuma ideia de onde o primo estava, nem como ou por que ele viu o homem jogar fora as luvas aqui no catorze.

– Acho que não.

– E não sabemos por que o primo achou necessário pegar as tais luvas.

– De acordo com Julio, os rapazes que trabalham aqui sempre verificam o lixo.

Eles rapidamente tiraram mais algumas fotos e então se foram, à medida que mais um grupo de quatro jogadores se aproximava.

Capítulo 19

Depois do golfe, Theo e o pai deram uma passada no abrigo da Highland Street para visitar Julio e o irmão e a irmã mais moços. Carola Pena lavava pratos na cozinha de um hotel no centro da cidade e trabalhava todo sábado, o que significava que os filhos ficavam no abrigo. Havia jogos e atividades para as crianças que moravam lá, mas Theo sabia que os sábados não eram muito agradáveis. Eles assistiam a muita televisão, jogavam bola em um pequeno play e, quando tinham sorte, eram levados ao cinema em um ônibus da igreja, se um supervisor conseguisse juntar o dinheiro necessário.

Enquanto Theo e o pai jogavam golfe, tiveram uma ideia. O Stratten College era um pequeno colégio particular, fundado na cidade havia cerca de cem anos.

Seus times de futebol e de basquete não tinham condições de competir com os times das escolas maiores, mas o time de beisebol era um competidor de peso na Terceira Divisão. Haveria dois jogos consecutivos às duas da tarde.

O sr. Boone foi falar com o supervisor do abrigo. De modo nada surpreendente, Julio, que estava encarregado de cuidar dos gêmeos, Hector e Rita, adorou a oportunidade de sair do abrigo. Os três praticamente correram para o SUV e saltaram para o banco de trás. Minutos depois, o sr. Boone deu uma parada no hotel. Estacionou ilegalmente na esquina e disse:

– Vou avisar à sra. Pena o que vamos fazer. – Ele voltou num instante com um largo sorriso e relatou: – A mãe de vocês achou que era uma ótima ideia.

– Obrigado, sr. Boone – agradeceu Julio. Os gêmeos estavam excitados demais para falar.

O Stratten College realizava seus jogos no Rotary Park, um velho estádio maravilhoso na orla do centro da cidade, perto de seu pequeno campus. O Rotary Park era quase tão velho quanto o Stratten College e, em tempos passados, tinha sido a casa de vários times da Minor League, porém nenhum ficara ali por muito tempo. Seu maior motivo para fama era o fato de que Duck Medwick, um integrante do Corredor da Fama, jogara uma temporada ali em 1920, com um time

Double A, antes de ser contratado pelos Cardinals. Havia uma placa comemorativa perto do portão principal, recordando os fãs da breve temporada de Ducky em Strattenburg, mas Theo nunca vira ninguém a lendo.

O sr. Boone comprou os ingressos na única bilheteria. O mesmo velho trabalhava ali desde os tempos de Ducky. Três dólares para um adulto, um dólar para cada criança.

– Querem pipoca? – perguntou o sr. Boone enquanto olhava para os rostinhos radiantes de Hector e Rita.

Cinco sacos de pipoca, cinco refrigerantes, vinte dólares. Eles subiram por uma rampa até as arquibancadas logo à frente do banco na primeira base. Havia lugares de sobra e poucos fãs, e ninguém estava se importando com onde se sentassem. O estádio tinha capacidade para duas mil pessoas, e os apreciadores mais antigos costumavam se gabar de como o público comparecia em peso e o estádio lotava. Theo assistia a cinco ou seis dos jogos do Stratten College a cada temporada e nunca vira o estádio nem perto de estar com metade da lotação. Contudo, adorava aquele lugar, com sua tribuna antiquada, o teto que se projetava ao alto, as arquibancadas de madeira perto do campo, as áreas de treino dos arremessadores próximas das linhas de falta e um alambrado coberto de grandes cartazes de publicidade muito coloridos, anunciando de tudo, desde inseticida e a cerveja local a advogados em busca de clientes acidentados. Uma verdadeira festa.

Havia gente que queria demoli-lo. Ficava praticamente vazio no verão, depois que terminava a temporada e começavam as férias, e havia muita reclamação sobre os custos de sua manutenção. Aquilo deixava Theo perplexo porque, olhando ao redor, era difícil ver exatamente onde o dinheiro da "manutenção" era gasto.

Eles se levantaram para ouvir o Hino Nacional, então o time do Stratten College entrou em campo. As quatro crianças se sentaram juntas, enquanto o sr. Boone ficou atrás delas.

– Vamos lá – disse Theo assumindo o comando. – Só se fala em inglês, combinado? Vamos praticar o inglês.

As crianças Pena naturalmente passavam para o espanhol quando falavam entre si, mas imediatamente obedeceram e começaram a falar em inglês. Hector e Rita tinham oito anos e não sabiam quase nada de beisebol. Theo começou a explicar.

A sra. Boone e Ike chegaram no terceiro tempo e sentaram junto ao sr. Boone, que se afastara um pouco das crianças. Theo tentou ouvir o que sussurraram entre si. Ike encontrara um apartamento, com um aluguel de quinhentos dólares por mês. A sra. Boone ainda não tinha conversado sobre o assunto com Carola Pena porque ela estava trabalhando no hotel. Eles falaram a respeito de outras coisas, mas Theo não conseguiu ouvir.

O beisebol pode ser tedioso para crianças de oito anos que não entendem o jogo, e no quinto tempo Hector e Rita estavam jogando pipoca um no outro e engatinhando pelas arquibancadas. A sra. Boone perguntou se queriam sorvete, e eles correram para ela aceitando a oferta. Depois que saíram, Theo fez a sua jogada. Perguntou a Julio se queria ir assistir ao jogo das arquibancadas do centro do campo. Ele disse que sim, e os dois se levantaram. Passaram pela tribuna de honra, a *bull penn*, a área de treino dos arremessadores e acabaram por ir sentar num velho setor de cadeiras logo acima da muro à direita do jardim externo central. Estavam sozinhos.

– Gosto da visão que se tem daqui – comentou Theo. – Além disso, sempre está vazio.

– Também gosto – respondeu Julio.

Eles conversaram sobre o campista central por um momento, então Theo mudou de assunto:

– Olhe, Julio, precisamos falar sobre seu primo. Não consigo me lembrar do nome dele. Na verdade, nem tenho certeza se cheguei a ouvir o nome dele.

– Bobby.

– Bobby?

– Na verdade é Roberto, mas ele gosta de ser chamado de Bobby.

– Ok, e o sobrenome é Pena?

– Não. A mãe dele e minha mãe são irmãs. O sobrenome dele é Escobar.

– Bobby Escobar.

– *Si*. Isso.

– Ele ainda trabalha no campo de golfe?

– Trabalha.

– E ainda mora perto da Quarry?

– Mora. Por que está perguntando?

– Ele é uma pessoa muito importante neste momento, Julio. Ele precisa se apresentar e contar à polícia tudo o que viu no dia em que a mulher foi assassinada.

Julio se virou e olhou para Theo como se ele tivesse ficado louco.

– Ele não pode fazer isso.

– Talvez possa. E se tivesse a promessa de receber proteção? Não ser preso. Não ir para a cadeia. Você sabe o que a palavra *imunidade* significa?

– Não.

– Bem, em termos legais, significa que ele poderia fazer um acordo com a polícia. Se ele se apresentar e testemunhar, a polícia não o incomodará. Ele terá imunidade. É possível até que haja um meio de legalizar sua situação.

– Você falou com a polícia?

– De jeito nenhum, Julio.

– Você contou para alguém?

– Eu protegi a identidade dele. Ele está seguro, Julio. Mas eu preciso falar com ele.

Um jogador do time adversário bateu uma bola que acertou contra o muro do jardim externo direito e quicou. Eles o observaram deslizar para a terceira, a fim de tentar uma jogada tripla. Theo teve de explicar a diferença entre a bola passar por cima do muro e quicar contra ele. Julio disse que não se jogava beisebol em El Salvador. Era principalmente futebol.

– Quando você vai ver Bobby de novo? – perguntou Theo.

– Amanhã, talvez. Ele geralmente vai ao abrigo aos domingos e vamos à igreja.

– Existe alguma maneira de eu poder falar com ele esta noite?

– Não sei. Eu não sei o que ele anda fazendo o tempo todo.

– Julio, o tempo é de importância crucial nesta situação.

– O que é *crucial*?

– Muito importante. O julgamento vai acabar na segunda-feira. É importante que Bobby se apresente e conte o que viu.

– Acho que não vai dar.

– Julio, os meus pais são advogados. Você os conhece. Sabe que se pode confiar neles. E se eles conseguirem arranjar um apartamento para você e sua família, inclusive o Bobby, um lugar bacana, só para vocês, e também tomarem as medidas necessárias para se tornarem os responsáveis por Bobby, de modo que ele possa se tornar residente legal? Pense nisso. Acabar com esta história de se esconder da polícia. Não se preocupar mais com batidas do pessoal da imigração. Vocês podem morar todos juntos, e Bobby terá documentos. Não seria bacana?

Julio olhava fixamente para o espaço, sorvendo as palavras dele.

– Seria demais, Theo.

– Então escute o que vamos fazer. Primeiro, você diz que concorda que eu envolva meus pais. Eles estarão do lado de vocês. Eles são advogados.

– Ok.

– Maravilha. Depois, você tem que encontrar o Bobby e convencê-lo de que é um bom acordo. Convencê-lo de que pode confiar em nós. Acha que pode fazer isso?

– Não sei.

– Ele contou à sua mãe sobre o que viu?

– Contou. Ela é como se fosse mãe de Bobby.

– Ótimo. Então peça à sua mãe para falar com ele também. Ela poderá convencê-lo.

– Você jura que ele não irá para a cadeia?

– Juro.

– Mas ele terá que falar com a polícia?

– Talvez não com a polícia, mas terá que falar com alguém envolvido no julgamento. Talvez o juiz. Eu não sei. Mas é crucial que Bobby se apresente. Ele é a testemunha mais importante deste julgamento.

Julio pôs as mãos na cabeça, apoiou os cotovelos nos joelhos. Os ombros dele se curvaram sob o peso das palavras e dos planos de Theo. Por muito tempo, ninguém disse nada. Theo observou Hector e Rita ao longe, sentados junto de sua mãe, tagarelando e tomando sorvete. Woods e Ike estavam entretidos numa conversa, coisa rara para eles. O jogo se arrastava.

– O que eu faço agora? – perguntou Julio.

– Fale com sua mãe. Então vocês dois conversam com Bobby. Todos nós devemos nos reunir.

– Ok.

Capítulo 20

Theo estava na saleta assistindo a um filme na TV a cabo quando o celular vibrou em seu bolso. Eram oito e trinta e cinco da noite de sábado, e a chamada vinha do abrigo. Ele abriu o telefone e disse:

– Alô.

Ouviu a voz inconfundível de Julio:

– Theo?

– Sim, Julio, o que manda?

Theo tirou o som da televisão. O pai lia um romance no escritório, enquanto a mãe estava na cama, bebericando chá-verde e examinando uma pilha de documentos.

– Falei com Bobby – disse Julio – e, cara, ele está apavorado. A polícia esteve dando uma batida pelas bandas da Quarry, checando os documentos de todo mundo, em busca de confusão. Eles prenderam dois rapazes da Guatemala, ambos ilegais. Bobby acha que estão atrás dele.

Theo foi andando até o escritório enquanto falava:

– Escute, Julio. Se a polícia estiver atrás de Bobby, não tem nada a ver com o julgamento. Posso lhe jurar isso. – Theo se postou ao lado do pai, que fechou o livro e ouviu com atenção.

– Eles foram até a casa dele, mas estava escondido em outro lugar, mais abaixo na rua.

– Você falou com ele, Julio? Contou sobre nossa conversa hoje no jogo?

– Contei.

– E o que ele disse?

– Ele agora está apavorado demais, Theo. Não compreende como as coisas funcionam por aqui. Quando vê um policial, só pensa em coisas ruins. Você entende? Pensa que vai parar na cadeia, que vai perder o emprego, o dinheiro, que vai ser mandado de volta para casa.

– Julio, escute – disse Theo, franzindo a testa para o pai. – Ele não vai ter que lidar com a polícia. Se ele confiar em mim e nos meus pais, vai estar mais seguro. Você explicou isso a ele?

– Expliquei.

– E ele compreendeu?

– Não sei, Theo. Mas ele quer falar com você.

– Ótimo. Vou falar com ele. – Theo balançou a cabeça para o pai, que em resposta assentiu para ele. – Quando e onde?

– Bem, ele vai estar por aí essa noite, não vai ficar em casa. Está com medo de que a polícia volte no meio da noite e os prenda, mas posso entrar em contato com ele.

Theo quase perguntou "Como?", mas deixou passar.

– Acho que deveríamos conversar esta noite – disse Theo. Seu pai assentiu de novo.

– Ok. O que digo a ele?

– Diga para se encontrar comigo em algum lugar.

– Onde?

Theo não conseguia pensar em um lugar. Seu pai estava um passo à frente. Sussurrou:

– Truman Park, junto do carrossel.

– Que tal o Truman Park? – disse Theo.

– Onde fica isso?

– É o grande parque no final da Main Street onde tem aqueles chafarizes e estátuas. Qualquer pessoa é capaz de encontrar o Truman Park.

– Ok.

– Diga a ele para estar lá às nove e meia, dentro de mais ou menos uma hora. A gente se encontra ao lado do carrossel.

– O que é um carrossel?

– Aquela coisa que roda com cavalinhos de madeira e música alta. É para crianças pequenas e as mães.

– Já sei qual é.

– Ótimo. Nove e meia.

O carrossel ainda girava lentamente na noite de sábado. Os alto-falantes tocavam a melodia de "It's a Small World", enquanto algumas crianças pequenas e suas mães seguravam-se nos tubos no centro dos cavalinhos vermelhos e amarelos. Nas proximidades, havia barraquinhas vendendo algodão-doce e limonada. Um bando de adolescentes estava por ali, todos fumando e tentando parecer durões.

Woods Boone examinou a área e achou que estava segura.

– Vou ficar esperando ali – disse, apontando para uma grande estátua de bronze de um herói de guerra esquecido. – Você não vai me ver.

– Vai ficar tudo bem – disse Theo. Ele não estava preocupado com a segurança. O parque era bem iluminado e havia bastante gente.

Dez minutos depois, Julio e Bobby Escobar se esgueiraram das sombras e viram Theo antes que ele os avistasse. Bobby estava muito nervoso e não queria se arriscar a ser visto por um policial. Eles andaram até o outro lado do parque e encontraram um lugar discreto para conversar dentro de um gazebo. Theo não via seu pai, mas tinha certeza de que ele estava vigiando tudo.

Ele perguntou se Bobby tinha trabalhado naquele dia, e então contou que ele e o pai tinham jogado no Campo Creek. Não, Bobby não tinha trabalhado, passara o dia evitando a polícia. Aquilo abriu uma porta, e Theo aproveitou para entrar rapidamente. Explicou, em inglês, que Bobby tinha a oportunidade de fazer uma mudança radical em sua vida. Ele poderia deixar de ser um imigrante ilegal e passar a ser um imigrante sob a responsabilidade de alguém, passando pelo processo apropriado para obter a documentação necessária.

Julio traduziu para o espanhol. Theo não entendeu quase nada.

Ele explicou que seus pais estavam oferecendo a Bobby a grande oportunidade de sua vida. Um lugar melhor para morar com a sua família. A chance de ter um emprego melhor e seguir o caminho mais rápido para se tornar um residente legal. Nunca mais precisar se esconder da polícia. Nunca mais ter medo de ser embarcado de volta para casa.

Julio traduziu para o espanhol. Bobby ouviu com o rosto impassível, absolutamente sem nenhuma expressão.

Ao ver que não tinha conseguido nada, Theo prosseguiu. Era importante continuar falando. Bobby parecia estar a ponto de sair correndo.

– Explique a Bobby que ele é uma testemunha muito importante no julgamento de assassinato – disse Theo para Julio. – E que não há nada de errado em ir ao tribunal e contar a todo mundo o que ele viu naquele dia.

Julio traduziu. Bobby assentiu. Ele já tinha ouvido aquilo antes. Disse alguma coisa, que Julio traduziu como:

– Ele não quer se envolver. Este julgamento não é problema dele.

Um carro da polícia parou na orla do parque, bastante longe do gazebo, mas perto o suficiente para ser visto. Bobby observou temerosamente, como se afinal tivesse sido apanhado. Ele balbuciou rapidamente para Julio, que também rapidamente respondeu alguma coisa.

– A polícia não está procurando por Bobby – afirmou Theo. – Diga a ele para se acalmar.

Dois policiais saltaram devagar do carro e começaram a andar em direção ao centro do parque, para o carrossel.

– Olhe só – disse Theo. – O gordo é Ramsey Ross. Ele só faz dar multas de trânsito. O outro eu não conheço. Eles estão pouco se importando conosco.

Julio explicou isto em espanhol, e Bobby começou a respirar de novo.

– Onde ele vai dormir esta noite? – perguntou Theo.

– Não sei. Ele perguntou se poderia dormir no abrigo, mas não tem lugar.

– Ele pode ficar conosco. Temos um quarto de sobra. Você também pode vir. Vamos fazer uma festa. Meu pai comprará uma pizza para nós. Vamos lá.

À meia-noite, os três garotos estavam reunidos na salinha, berrando para a tela da televisão enquanto jogavam videogame. Havia travesseiros e mantas espalhados por todos os lados. Das duas pizzas grandes só restavam as caixas. Judge mastigava um resto da massa.

De vez em quando, Marcella e Woods Boone davam uma espiada. Eles estavam achando engraçado ouvir Theo desinibidamente falar em espanhol, errando aqui e ali, sempre um pouco mais lento que Julio e Bobby, mas se esforçando para acompanhar.

Desejaram ter mais filhos, mas a natureza não havia cooperado. E havia ocasiões em que tinham de admitir que Theo era mais que o suficiente.

Capítulo 21

O juiz Gantry esperou até que escurecesse no princípio da noite de domingo para sair e dar uma longa caminhada. Ele morava a poucos quarteirões do tribunal, numa velha casa que havia herdado do avô, ele também um juiz proeminente, e com frequência andava pelas ruas do centro de Strattenburg bem cedo de manhã ou no final da tarde. Naquela noite, precisava de ar fresco, tempo para pensar. O julgamento Duffy havia consumido seu fim de semana. Passara horas mergulhado nos livros de Direito, em busca de uma resposta, que ainda não havia encontrado. Uma discussão acalorada rugia em seu íntimo. Por que deveria interromper um julgamento que se desenrolara corretamente? Por que deveria declarar o julgamento encerrado antecipadamente por defeito jurídico insanável quando não houve nada errado? Não houve regras violadas. Não houve violação de ética. Nada. Na verdade, com dois bons advogados se confrontando, o julgamento transcorrera sem percalços.

Sua pesquisa não havia revelado nenhum caso similar.

As luzes estavam acesas na Boone & Boone. Como havia prometido, às sete e meia o juiz Gantry subiu a escada que levava à pequena varanda e bateu na porta.

Marcella Boone abriu-a.

– Boa-noite, Henry. Entre.

– Boa-noite, Marcella. Acho que não vejo este escritório há pelo menos uns vinte anos.

– Então deveria aparecer mais vezes. – Ela fechou a porta depois que ele entrou.

O juiz Gantry não era o único a fazer uma caminhada naquele princípio de noite. Um homem chamado Paco também saíra para dar um passeio. Paco vestia um conjunto de moletom escuro, tênis de corrida, e tinha um rádio. Ele se mantinha a uma distância segura e, como o juiz em momento algum pensara na possibilidade de ser seguido, foi fácil acompanhá-lo. Eles perambularam pelo centro de Strattenburg, um homem profundamente mergulhado em seus pensamentos, ignorando totalmente qualquer pessoa ao seu redor, o outro a uma distância de um quarteirão, seguindo-o cuidadosamente, à medida que as sombras se tornavam mais longas e a luz do dia desaparecia. Quando Henry Gantry entrou na Boone & Boone, depois do anoitecer, Paco passou correndo diante da firma, viu o nome da rua e o número do prédio, e seguiu correndo até dobrar a esquina. Então ele apertou um botão em seu rádio transmissor e disse:

– Ele entrou, está na firma dos Boone.

– Ok. Eu estou por perto. – Foi a resposta de Omar Cheepe.

Momentos depois, Cheepe veio buscar Paco, e eles entraram na Park Street. Quando o prédio da Boone & Boone se tornou visível, estacionaram silenciosamente numa vaga bem mais abaixo na rua. Cheepe apagou as luzes, desligou o motor e abriu a janela para fumar um cigarro.

– Você o viu entrar? – perguntou.

– Não – respondeu Paco. – Eu o vi se encaminhar para a porta da frente. Sei que ele está lá dentro. É o único lugar aberto por aqui.

– Muito estranho.

Era noite de domingo e todos os outros prédios de escritórios estavam às escuras e vazios. Só a firma dos Boone exibia sinais de atividade. Todas as luzes do andar de baixo pareciam estar acesas.

– O que você acha que eles estão fazendo? – perguntou Paco.

– Não tenho certeza. Os Boone estiveram no escritório de Gantry na sexta-feira, a família inteira, o que não faz nenhum sentido, porque Gantry estava ocupadíssimo. Eles não são advogados criminalistas, você sabe. Ele trabalha com escrituras de imóveis, e ela cuida de divórcios, de modo que não há nenhum motivo para eles aparecerem sem mais nem menos no escritório de Gantry no meio de um julgamento de assassinato. E o garoto, eu simplesmente não compreendo. Por que os pais tirariam o garoto da escola e o levariam para ver Gantry? O garoto andou pelo tribunal a semana inteira, espiando o julgamento.

– Ele é o Theo?

– É. O garoto acha que é um advogado. Conhece todos os policiais, todos os funcionários do tribunal. Vive entrando e saindo das salas de audiência. Provavelmente conhece mais o Direito que muitos advogados. Ele e Gantry são grandes amigos. Ele vai ao escritório de Gantry, com os pais, e de repente Gantry decide não realizar audiência no sábado, depois de ter prometido que o faria a semana inteira. Tem alguma coisa acontecendo por aqui, Paco. E não é a nosso favor.

– Você falou com Nance ou com o sr. Duffy?

– Não, ainda não. Vou lhe dizer o que vamos fazer. Eu estive a ponto de mandar você entrar lá e dar uma olhada no prédio, espiar o interior, ver quem está lá dentro, mas é arriscado demais. Se eles vissem você, ficariam assustados, parariam lá o que seja que estivessem fazendo, poderiam chamar a polícia. Gantry é o juiz, sabe como é. As coisas poderiam ficar complicadas. De modo que tenho um plano melhor. Vou ligar para Gus e mandar trazer a van. Podemos estacioná-la mais perto, mais acima na rua, e, quando eles saírem, tiraremos fotos. Quero saber quem está lá dentro.

– O que você acha?

– Não sei, Paco, mas aposto cem dólares que a família Boone e Gantry não estão lá dentro jogando cartas. Alguma coisa está acontecendo aqui, e isto não me agrada.

O juiz Gantry se encaminhou para a biblioteca, onde o sr. Boone, Ike e Theo estavam esperando. A longa mesa que dominava o aposento estava coberta de livros, mapas, blocos de anotações, e dava a impressão de que muito trabalho estava sendo feito. Todo mundo apertou a mão do juiz, todos o cumprimentaram. Houve alguma conversa fiada a respeito do tempo, mas com questões importantes à espera não durou muito.

– Acho que nem preciso dizer – declarou o juiz depois que todos se acomodaram – que esta reunião é confidencial. Não estamos fazendo nada de errado, vejam bem, uma vez que nenhum de vocês está envolvido no caso. Mas eu seria alvo de muitas perguntas, se alguém tomasse conhecimento disto. Entendido?

– É claro, Henry – disse a sra. Boone.

– Não tem problema – concordou Ike.

– Nem uma palavra – respondeu o sr. Boone.

– Sim, senhor – disse Theo.

– Bom. Pois bem, vocês me disseram que têm algo para me mostrar.

Os Boone olharam para Theo, que imediatamente se levantou de um salto. Seu laptop estava sobre a mesa, à sua frente. Ele apertou uma tecla e uma grande foto apareceu na tela digital na parede da sala. Theo usou um apontador laser e direcionou a luz vermelha para a foto.

– Isto é uma foto aérea do sexto *fairway* no Campo Creek. Aqui fica a residência dos Duffy. Aqui, entre as árvores no *dog leg*, é onde a testemunha estava sentada almoçando. – Ele pressionou outra tecla, apareceu outra foto. – Esta é uma foto que tiramos ontem de manhã no campo de golfe. A testemunha estava sentada nesta pilha de caibros, ao lado do leito seco do riacho, completamente escondida e fora de vista. Contudo

– outra tecla, outra foto –, como podem ver, a testemunha tinha uma visão perfeita das casas do outro lado do *fairway*, a cerca de noventa metros.

– E você sabe com certeza que é exatamente aí que ele estava?

– Sim, senhor.

– Você pode reconstruir a cronologia?

– Sim, Excelência.

– Pode esquecer esta história de Excelência, por enquanto.

– Ok. – Mais uma foto, aérea. Theo apontou a luz laser para um prédio. – Isto é o galpão da manutenção. Como pode ver, não fica longe seguindo pela mata do sexto *fairway*. A pausa para o almoço começou às onze e meia. Às onze e meia em ponto, porque o supervisor é duro no controle e esperava que seus funcionários se apresentassem lá às onze e meia, tratassem de comer depressa e se apresentassem de volta para o trabalho ao meio-dia. Nosso homem gostava de se afastar dos outros, comer sozinho, dizer suas preces e olhar para a foto da família em sua terra natal. Ele está muito saudoso. Como pode ver, é um pequeno percurso a pé através do arvoredo até seu local favorito de almoço. Ele calcula que estivesse na metade de seu horário de almoço quando viu o homem entrar na casa dos Duffy.

– Então por volta das onze e quarenta e cinco? – perguntou o juiz Gantry.

– Exato, senhor. E, como o senhor sabe, o patologista calculou que a hora da morte ocorreu aproximadamente às onze e quarenta e cinco.

– Eu sei. E o homem que entrou na casa depois saiu dela antes de sua testemunha terminar seu horário de almoço?

– Sim, senhor. A testemunha diz que geralmente segue de volta para o galpão de manutenção alguns minutos antes do meio-dia. Naquele dia, ele viu o homem sair da casa antes do final de seu horário de almoço. Ele calcula que o homem tivesse permanecido na casa por menos de dez minutos.

– Tenho uma pergunta importante – disse o juiz. – A testemunha viu o homem sair da casa com uma bolsa ou sacola ou algo em que pudesse carregar as coisas roubadas? De acordo com os depoimentos, vários objetos foram levados... duas armas, parte das joias dela e pelos menos três dos valiosos relógios dele. A testemunha viu este material ser retirado?

– Eu creio que não, senhor juiz – respondeu Theo em tom sério. – E pensei nisto durante horas. A melhor possibilidade em que consegui pensar é que ele enfiou as armas no cinto, escondendo-as debaixo do suéter, e colocou o resto das coisas nos bolsos.

– Que tipo de armas era? – perguntou o sr. Boone.

– Uma nove milímetros e um trinta e oito de cano curto – disse o juiz Gantry. – Seria fácil escondê-las debaixo de um suéter.

– E os relógios e as joias?

– Alguns anéis e colares, três relógios com pulseiras de couro. Seria fácil esconder tudo nos bolsos de uma calça.

– E estas coisas não foram encontradas? – perguntou a sra. Boone.

– Não.

– Provavelmente estão no fundo de um daqueles lagos do campo de golfe – disse Ike com um sorriso malicioso.

– Provavelmente você tem razão – disse o juiz Gantry, para a surpresa de todos. O juiz de rosto impassível, que nunca tomava partido de um lado ou outro, acabara de emitir uma opinião pessoal. Ele achava que o sr. Pete Duffy era culpado.

– E as tais luvas? – perguntou.

Theo pegou uma pequena caixa marrom, colocou sobre a mesa e então tirou o *zip lock* contendo duas luvas de golfe. Posicionou-as diante do juiz Gantry, e, por um segundo ou dois, todos olharam fixamente para os objetos, como se fossem uma faca de açougueiro ensanguentada. Theo apertou uma tecla, e outra foto apareceu na tela.

– Esta é a *tee box* catorze, no percurso Nove Sul. A testemunha estava fazendo um reparo na cabeça de um sprinkler mais ou menos aqui, numa pequena elevação com vista para a *tee box*, quando viu o homem, o mesmo homem, tirar estas luvas de seu saco de golfe e jogá-las na lata de lixo.

– Uma pergunta – disse o juiz Gantry. – No momento em que ele jogou as luvas no lixo, estava usando outro par de luvas? – Ficou evidente para os Boone que o juiz havia dissecado cada detalhe da história.

– Eu não fiz esta pergunta a ele – respondeu Theo.

– É provável que sim – declarou Woods. – Não é nada incomum que um golfista mantenha um par adicional de luvas em seu saco.

– Por que isto teria importância? – perguntou a sra. Boone.

– Não tenho certeza de que teria. Apenas estou muito curioso, Marcella.

Houve uma longa pausa, como se todos os presentes estivessem pensando na mesma coisa, mas ninguém quisesse mencioná-la. Finalmente Theo disse:

– Juiz, o senhor poderia perguntar à testemunha.

– Então ele está aqui?

– Está.

– Ele está em meu escritório, Henry – respondeu a sra. Boone. – Ele agora é cliente da firma Boone.

– Isto inclui Theo? – perguntou o juiz Gantry, e todo mundo achou que aquilo era bastante engraçado.

– Mas tem que nos assegurar, Henry, de que ele não será preso nem processado por nada – disse a sra. Boone.

– Vocês têm minha palavra – declarou o juiz Gantry.

Bobby Escobar sentou do outro lado da mesa, defronte ao juiz. À sua esquerda estava Julio, seu primo e intérprete, e à direita sua tia Carola. Era uma reunião de família, uma vez que Hector e Rita também estavam no escritório da sra. Boone, assistindo à televisão.

Theo começou seu interrogatório direto com a mesma fotografia aérea do sexto *fairway* do Campo Creek. Com a luz vermelha do laser, ele e Bobby identificaram o local exato onde ele estivera comendo seu almoço. Theo foi trocando as fotos e fez suas perguntas cuidadosamente, dando a Julio tempo de sobra para traduzir. A história se revelou com perfeição.

Woods, Marcella e Ike se recostaram e assistiram com enorme orgulho, mas todos os três estavam atentos para pegar qualquer erro.

Uma vez estabelecidos os fatos e depois de Bobby ter se mostrado uma testemunha digna de confiança, o juiz Gantry disse:

– Agora vamos falar sobre identificação.

Já que Bobby nunca tinha visto Pete Duffy antes, não podia afirmar que ele fosse o homem que havia entrado na casa. No entanto, ele disse que o homem estava usando um suéter preto, calças de cor bege e um boné de golfe marrom, as mesmas roupas que Pete Duffy estivera usando no dia do assassinato. Theo exibiu uma série de fotos de Pete Duffy, todas tiradas de jornais. Ao ver cada uma delas, Bobby pôde apenas dizer que o homem na foto definitivamente se parecia com o homem que ele tinha visto. Theo pressionou outra tecla e exibiu três vídeos que havia editado, todos mostrando Pete Duffy caminhando para entrar ou sair do prédio do tribunal. Mais uma vez Bobby afirmou ter quase certeza de que era o mesmo homem.

Então veio a prova decisiva. A promotoria havia apresentado como provas documentais vinte e duas fotografias da cena do crime, da casa e das imediações. Uma das fotos, Documento da Promotoria número quinze, tinha sido tirada de algum lugar próximo da orla do *fairway*. Ela mostrava os fundos da casa dos Duffy, seu pátio, janelas, porta dos fundos, e, posicionados à extrema direita, havia dois policiais uniformizados, postados ao lado de um carrinho de golfe. Sentado no carrinho, estava Pete Duffy, que parecia atordoado e abalado. A foto aparentemente fora tirada apenas alguns minutos depois de ele ter voltado correndo para casa da churrascaria da sede do clube.

Theo tinha obtido aquela foto ao "visitar" o site mantido pelo serviço de transcrição do tribunal. Se o juiz Gantry perguntasse como a conseguira, estava pronto para dizer: "Bem, senhor juiz, foi apresentada no tribunal e aceita como prova. Não é nenhum segredo, sabe?"

Mas o juiz Gantry não disse nada. Tinha visto a foto centenas de vezes e não se abalou com ela. Bobby, contudo, nunca a tinha visto, e imediatamente começou a falar rapidamente com Julio.

– É ele – disse Julio, apontando para a foto. – O homem no carrinho. É ele.

Em sua melhor imitação de Clifford Nance, Theo disse:

– Que se registre nos autos, Excelência, que a testemunha identificou o réu, o sr. Pete Duffy.

– Entendido, Theo – disse Gantry.

Capítulo 22

Os espectadores se reuniram na segunda-feira para o desenlace do drama. Os jurados chegaram de semblantes sérios, decididos a concluir os trabalhos. Os advogados vestiam seus melhores ternos e pareciam animados e ávidos para obter o veredicto. Até mesmo o réu parecia descansado, confiante. Os funcionários da corte e os meirinhos se moviam com a energia habitual do princípio da manhã. Mas quando se aquietaram, às nove e dez, a sala de audiência pareceu respirar fundo, prender a respiração e esperar. Todo mundo se levantou quando o juiz Gantry entrou, a toga esvoaçando às suas costas. Ele disse:

– Por favor, sentem-se. – E não sorriu. Não estava satisfeito. Parecia muito cansado.

Ele olhou ao redor da sala de audiência, cumprimentou com a cabeça a escrivã, cumprimentou o júri, observou o público e, em particular, olhou para a terceira fila, do lado direito. Lá estava Theo Boone, sentado entre o pai e o tio, ausente da escola, pelo menos por enquanto. O juiz Gantry olhou para Theo, e seus olhares se encontraram. Então o juiz se inclinou alguns centímetros, aproximando-se do microfone. Ele pigarreou e começou a pronunciar as palavras que ninguém esperava:

– Bom-dia, senhoras e senhores. Neste ponto do julgamento do sr. Pete Duffy, deveríamos ouvir os argumentos finais dos advogados. Contudo, isto não vai acontecer. Por motivos que não explicarei no momento, vou declarar este julgamento encerrado antecipadamente.

Houve exclamações, sobressaltos e expressões chocadas vindos de todos os lados da sala de audiência. Theo estivera observando Pete Duffy, cujo queixo caiu até o peito, enquanto ele se virava para Clifford Nance. Os advogados de ambas as partes pareciam ter levado uma martelada na cabeça, todos visivelmente atordoados enquanto tentavam compreender o que tinham acabado de ouvir. Na primeira fila, imediatamente atrás da mesa da defesa, Omar Cheepe se virou e olhou direto para Theo, duas filas mais atrás. Ele não o encarou fixamente, não pareceu especialmente ameaçador, mas disse tudo: "Foi você quem fez isto. Eu sei. E saiba que para mim o caso não está encerrado."

Os jurados não sabiam o que iria acontecer a seguir, de modo que o juiz Gantry explicou. Voltou-se, olhou para eles e disse:

– Membros do júri, um julgamento encerrado antecipadamente significa que o julgamento acabou. As acusações contra o sr. Pete Duffy são rejeitadas, mas apenas por enquanto. As acusações serão reapresentadas, e haverá um novo julgamento em um futuro muito próximo, mas com um júri diferente. Em qualquer julgamento criminal, o juiz tem competência absoluta para declarar o julgamento encerrado quando ele acredita que alguma coisa aconteceu que poderia afetar de maneira nefasta o veredicto final. Este é o caso diante do qual nos encontramos. Agradeço aos senhores pelo seu trabalho. Os senhores são importantes para nosso sistema judiciário. Os senhores estão dispensados.

Os jurados estavam absolutamente perplexos, mas alguns começavam a compreender que seu dever cívico estava acabado. Um meirinho os conduziu a sair por uma porta lateral. Enquanto eles se retiravam lentamente, Theo observou e admirou o juiz Gantry. Naquele momento, ele, Theo, decidiu que queria se tornar um grande juiz, exatamente como seu herói ali atrás da bancada. Um juiz que conhecesse a lei de trás para a frente e que acreditasse na justiça, porém, o mais importante, um juiz que fosse capaz de tomar uma decisão difícil.

– Eu não disse? – sussurrou Ike. Ike estivera convencido de que o julgamento seria declarado como encerrado pelo juiz, mas, no fundo, todos os integrantes da firma de advogados Boone também acreditavam nisso.

Os jurados saíram, no entanto ninguém mais se moveu. As pessoas estavam atordoadas e queriam mais informações. Ao mesmo tempo, Jack Hogan e Clifford Nance se levantaram lentamente e olharam para o juiz Gantry. Antes que qualquer dos dois conseguisse falar, ele disse:

– Cavalheiros, não vou explicar minhas ações no presente momento. Amanhã, às dez da manhã, nos reuniremos em meu gabinete e revelarei meus motivos. Quero que as acusações sejam reapresentadas o mais rápido possível. Marcarei o novo julgamento para a terceira semana de junho. O acusado permanecerá em liberdade sob fiança, submetido às mesmas restrições. Esta sessão está encerrada. – Ele bateu o martelo, levantou-se e saiu.

Com o juiz e o júri fora da sala, não restava muito a fazer. O público lentamente se levantou e começou a se encaminhar para a porta.

– Vá para a escola – disse o sr. Boone em tom severo para Theo.

Do lado de fora do tribunal, Theo tirou a corrente da bicicleta.

– Você vai aparecer hoje à tarde? – perguntou Ike.

– Claro – respondeu Theo. – É segunda-feira.

– Precisamos conversar. Esta foi uma longa semana.

– Foi mesmo.

Não muito longe, na entrada principal, havia a confusão das pessoas se apressando para sair do tribunal. Pete Duffy, cercado por seus advogados, se afastou rapidamente com alguns repórteres gritando perguntas. As perguntas não foram respondidas. Omar Cheepe vinha na retaguarda do grupo, e chegou a dar um empurrão em um dos repórteres. Ele estava a ponto de ir embora com seu cliente quando avistou Theo, montado em sua bicicleta, observando a cena com Ike. Cheepe se deteve e, por uma fração de segundo, pareceu indeciso com relação ao que fazer. Será que deveria se apressar e proteger o sr. Duffy, ou ir até Theo e lhe fazer uma terrível ameaça?

Theo e Cheepe se encararam, a uma distância de quarenta e cinco metros, então Cheepe se virou e afastou-se rapidamente. Ike pareceu não perceber aquela troca de olhares.

Theo também se afastou pedalando rapidamente. Tomou o rumo da escola e, depois que o tribunal ficara longe, bem para trás, começou a relaxar. Descobriu que achava difícil acreditar que de fato era segunda-feira. Tanta coisa tinha acontecido nos últimos sete dias. O maior julgamento da história da cidade começara e se encerrara, mas não estava acabado. Graças a Theo, um veredicto equivocado havia sido evitado. A justiça fora preservada, pelo menos por enquanto. Ele faria uma pausa no cumprimento de seus deveres, mas não demoraria muito para que voltasse a se encontrar em segredo com Bobby Escobar e Julio. Não havia dúvida quanto a isso. Theo ficara encarregado de ensaiar Bobby, preparando-o para as três horas que passaria no banco de testemunha em junho vindouro.

E agora Omar, o Sinistro, estava complicando as coisas. Quanto será que ele, seu cliente e Clifford Nance realmente sabiam? Perguntas, perguntas e mais perguntas. Theo estava confuso, mas já estava todo animado.

Então pensou em April. Amanhã, terça-feira, o juiz tornaria pública sua decisão de acordo com a qual ela seria obrigada a morar com a mãe ou com o pai. Não seria necessário que April estivesse presente no tribunal, mas ela já estava com os nervos em frangalhos. Theo precisava passar algum tempo com April. Decidiu que iriam dar uma escapulida na hora do almoço e ter uma boa conversa.

Ele estacionou a bicicleta junto do mastro e entrou na escola na metade do primeiro período de aulas. Tinha uma justificativa escrita assinada por sua mãe e quando a entregou para a srta. Gloria na secretaria, reparou que ela não estava sorrindo. Ela sempre estava sorrindo.

– Sente-se, Theo – disse ela indicando com a cabeça uma cadeira ao lado de sua escrivaninha.

Mas por quê?, pensou Theo. É uma simples questão de chegar atrasado.

– Como foi o funeral? – perguntou ela ainda de rosto sério.

Houve uma pausa enquanto Theo tentava compreender.

– Desculpe, eu...

– O enterro na última sexta-feira, o que seu tio veio aqui...

– Ah, aquele enterro. Foi tudo bem. Muito bacana.

Ela olhou ao redor nervosamente, então bateu nos lábios com o dedo indicador. *Por favor, fale baixo,* estava recomendando. Havia portas de salas abertas por perto.

– Theo – ela falou quase num sussurro. – Meu irmão foi detido ontem por dirigir embriagado. Eles o levaram preso. – Ela girou o olhar para se assegurar de que estavam a sós.

– Eu sinto muito – disse Theo. Ele sabia o caminho que a conversa seguiria.

– Ele não é um bêbado. É um homem adulto com mulher e filhos e um bom emprego. Ele nunca teve problemas antes e não sei o que fazer.

– Qual foi o T.A.O. dele?

– O quê?

– O teor alcoólico no organismo dele.

– Ah, isso. Ponto zero nove faz sentido?

– Faz. O limite é ponto zero oito, de modo que ele está ferrado. É a primeira vez?

– Céus, Theo, é sim. Ele não é um bêbado. Ele mal tomou dois copos de vinho.

Dois drinques. Eram sempre dois drinques. Não importava quanto estivessem bêbados, desastrados ou beligerantes, nunca tinham tomado mais de dois drinques.

– O policial disse que ele poderia pegar dez dias de cadeia – prosseguiu ela. – Isto é tão constrangedor.

– Que policial? – perguntou Theo.

– Como posso saber?

– Alguns policiais gostam de assustar as pessoas. Seu irmão não vai pegar dez dias. Ele vai pagar uma multa de seiscentos dólares, vai ficar sem a carteira de motorista durante seis meses e ter que frequentar a escola de direção, e daqui a um ano poderá ter baixa do registro. Ele passou a noite inteira na cadeia?

– Passou. Não consigo imaginar...

– Então não haverá mais tempo de prisão a cumprir. Anote este nome. – Ela já estava de caneta na mão. – Taylor Baskin – disse Theo. – Ele é o advogado que cuida de todos os bêbados...

– Ele não é um bêbado! – exclamou ela, levantando um pouco a voz. Ambos olharam ao redor para ver se alguém tinha ouvido. Ninguém.

– Desculpe. Taylor Baskin é o advogado dos que são apanhados na direção sob os efeitos do álcool. Seu irmão precisa ligar para ele.

A srta. Gloria anotou rapidamente.

– Preciso ir para a aula – disse Theo.

– Obrigada, Theo. Por favor, não comente com ninguém.

– Claro, sem problema. Agora posso ir?

– Vá, por favor. E muito obrigada, Theo.

Ele saiu rapidamente da secretaria, deixando mais uma cliente satisfeita.

Nota do editor

Nos livros de John Grisham em que são abordadas questões legais, há sempre termos jurídicos e instituições do Direito americano que não têm correspondência na língua portuguesa, basicamente porque não existem no Direito brasileiro.

Assim sendo, com o objetivo de tornar o texto mais esclarecedor, ressaltamos algumas ocorrências em que estas diferenças são relevantes e merecem ser aproximadas à nossa realidade.

Theo salvara Judge da morte quase certa ao se apresentar para defendê-lo no ***Tribunal de Causas Envolvendo Animais****...*

No Brasil, a eventual responsabilidade penal em função de um ato praticado por um animal recai sobre o dono do animal, e tais questões podem ser resolvidas no Juizado de Pequenas Causas.

Ao lado da mesa da defesa fica a mesa da acusação. O ***principal advogado de acusação*** *é o promotor de justiça...*

Nos EUA existe a figura do principal advogado de acusação, enquanto que no Brasil há sempre o promotor de justiça e, eventualmente, um assistente de acusação contratado pela vítima ou sua família para trabalhar em conjunto com o promotor.

O ***Estado*** *tem o ônus de provar a prática do crime, portanto deve apresentar o caso primeiro.*

No Brasil, a ação é movida, em regra, pela Justiça Pública (Ministério Público), por meio de seu representante, o promotor de justiça.

A maioria dos estados ainda usa doze pessoas como jurados, embora não seja incomum um número diferente. ***O veredicto, no entanto, tem que ser unânime****, pelo menos em casos criminais.*

No Brasil, atualmente, basta que se obtenham quatro votos do júri – da totalidade de sete – para que a apuração seja considerada concluída. Não há necessidade de decisão unânime pelos jurados, conforme é exigido nos julgamentos nos EUA.

Este livro foi impresso na Gráfica JPA Ltda.,
Rio de Janeiro – RJ.